磨铁读诗会
xiron poetry club

绝爱之歌

La Chanson du Mal-Aimé

阿 波 利 奈 尔 诗 选

[法] 纪尧姆·阿波利奈尔 著
曾璇 译

江苏凤凰文艺出版社
JIANGSU PHOENIX LITERATURE AND ART PUBLISHING

图书在版编目（CIP）数据

绝爱之歌：阿波利奈尔诗选 /（法）纪尧姆·阿波利奈尔著；曾璇译. -- 南京：江苏凤凰文艺出版社，2025. 8. -- ISBN 978-7-5594-9758-1

Ⅰ. I565.24

中国国家版本馆 CIP 数据核字第 2025KK9992 号

绝爱之歌：阿波利奈尔诗选

[法] 纪尧姆·阿波利奈尔　著　曾璇　译

责任编辑　曹　波
责任印制　杨　丹
特约监制　里　所
特约编辑　胡瑞婷　胡啸岩　方妙红
封面设计　魏　魏
出版发行　江苏凤凰文艺出版社
　　　　　南京市中央路 165 号，邮编：210009
网　　址　http://www.jswenyi.com
印　　刷　河北鹏润印刷有限公司
开　　本　787 毫米 × 1092 毫米　1/32
印　　张　8.75
字　　数　129 千字
版　　次　2025 年 8 月第 1 版
印　　次　2025 年 8 月第 1 次印刷
书　　号　ISBN 978-7-5594-9758-1
定　　价　52.00 元

目录

动物寓言集

Le Bestiaire ou Cortège d'Orphée, 1911

饮 Alcools, 1913 酒 集

图　画　诗　集

Calligrammes, 1918

献给璐的诗章

Poèmes à Lou (1955)

动物寓言集

Le Bestiaire ou Cortège d'Orphée, 1911

《动物寓言集》是阿波利奈尔和画家劳尔·杜飞（Raoul Dufy，1877—1918）合作的诗画集，本章同时收录了劳尔·杜飞创作的版画。（编注）

俄耳甫斯[1]

欣赏这非凡的力量
和高贵的线条吧：
她是光的声音
赫尔墨斯拿着他的皮曼德[2]说道。

1 俄耳甫斯（Orphée）是希腊神话中的一位音乐家。传说他是色雷斯人，参加过阿耳戈英雄远征，亦以与其妻欧律狄刻（Eurydice）的悲情故事而为人所铭记。（除特别说明外，均为译注。）

2 《皮曼德》（Pimandre）是希腊化时期秘教文献《赫尔墨斯秘文集》（*Corpus Hermeticum*）的首篇对话录，托名于传说中融合希腊赫耳墨斯与埃及托特神特性的“三重伟大者赫耳墨斯”（Hermes Trismegistus）。该文献成书于公元1–3世纪，内容涉及宇宙论、神智学与灵魂救赎理论。

乌龟

来自魔幻的色雷斯[1]，令人疯狂！
我的手指熟练地拨动竖琴[2]。
走兽们适逢我的声音
走进我的龟壳，我的歌里。

1　色雷斯（Thrace）是古代欧洲东南部的历史地区，位于巴尔干半岛东部（今分属保加利亚、希腊、土耳其）。在希腊神话中，色雷斯是俄耳甫斯的故乡。

2　诗中提及的竖琴是由赫尔墨斯赠予阿波罗，再由阿波罗赠予俄耳甫斯的。这把竖琴由乌龟的甲壳、贴在四周的皮革、两根树枝、一件琴马和用母羊肠做的琴弦制成。当俄耳甫斯弹起竖琴唱起歌，连野兽也来倾听他的歌声。

马

我在被困住的梦里知道怎样驾驭你，

我注定成为驾黄金马车的车夫

疯狂地拉紧我的缰绳，

做诗歌的骑士。

藏山羊

不论是这头山羊的羊毛
还是伊阿宋[1]历经千辛万苦
寻觅到的金羊毛，
比起我钟爱的那头秀发
都一文不值。

1　伊阿宋（Jason）是古希腊神话中的英雄，为夺回被叔父珀利阿斯篡夺的王位，接受了夺取金羊毛的挑战。他率领阿尔戈英雄远航金羊毛所在国科尔喀斯，在该国公主美狄亚的帮助下击败巨龙，取得金羊毛。

蛇

你凝视着那个美人。
多少女人成了
你残忍的受害者！
夏娃，尤里迪斯，克莉奥佩特拉[1]；
我认识其中的三四个。

1　这三个女性都是被蛇所害。夏娃受蛇的诱骗，偷吃了善恶树上所结的禁果，后被上帝逐出伊甸园；尤里迪斯，也被译作欧律狄刻，是希腊神话中的人物，俄耳甫斯的妻子，被毒蛇咬后不幸身亡坠入冥界；克莉奥佩特拉即“埃及艳后”，是埃及托勒密王国末代女王，用一条毒蛇结束了自己的生命。

猫

我希望在我的房子里：

有一个理性的女人，

一只在书本里穿行的猫，

和一年四季的朋友们，

他们必不可少。

狮子

狮子，落败国王的
悲惨徽章，
如今你只能在笼子里出生
在德国，汉堡市。

野兔

不要像野兔和恋人那样
放浪形骸，战战兢兢。
但要永远让你的思想
像怀孕的雌野兔一样丰满。

兔子

我还认识另一只兔子
活泼得让我想捧在手心。
它的家被百里香环绕
在温柔之国的小山谷里。

单峰驼

驾着四头单峰驼
唐·佩德罗·阿尔法鲁贝拉[1]
得以在全世界尽情驰骋。
他做到了我想要做的
要是我也有四头单峰驼就好了。

1 唐·佩德罗·阿尔法鲁贝拉（Don Pedro d'Alfaroubeira），1439 年至 1449 年葡萄牙的摄政王。传说他曾在 26 岁时带着十二个同伴和四只单峰骆驼出发去世界七大洲旅行，三年零四个月后回到家乡。

老鼠

美好的日子啊，时光的微笑
一点一点蚕食我的生命
上帝啊！我要二十八岁了
活得相当糟糕，我必须承认

大象

正如大象的象牙
我的嘴里也有一样珍贵的东西
紫色的死亡！……我以悦耳的话语为代价
换取了我的声名

俄耳甫斯

看看这个叛逆的马戏团
一千条腿，一百只眼睛：
轮虫、螨虫、昆虫
还有更多奇妙的微生物
世界七大奇迹和罗斯蒙德宫殿[1]！

1　指《饮酒集》里《宫殿》中的玫瑰宫殿。

毛毛虫

工作带来财富。

可怜的诗人们，工作吧！

劳碌不息的毛毛虫

才会变成富贵的蝴蝶。

苍蝇

他们在挪威学到的歌曲
我们的苍蝇早就知道
用奇迹的力量教会他们
雪之神灵

跳蚤

跳蚤，朋友，甚至爱人，

爱我们的人是多么残忍！

我们所有的血都为他们流。

最被爱的人最不幸。

蚂蚱

这是漂亮的蚂蚱，
圣约翰的食物。
愿我的诗句像她一样，
成为最地道的民间小吃。

俄耳甫斯

让你的心成为诱饵，让天空成为游泳池！

无论从哪个角度

什么淡水鱼或海鱼能与罪人相提并论呢，

这条美丽的神鱼就是耶稣吗？我的救世主？

海豚

海豚，你在海里嬉戏，
海浪却总是苦涩的。
正如我有时也会突然狂喜，
但生活依然残酷。

章鱼

将他的墨水洒向天空，

吸他爱的人的血

还觉得好吃，

这个非人的怪物就是我。

水母

水母，不幸的头颅
紫色的头发
你喜欢暴风雨，
我和你一样享受。

小龙虾

不确定性，哦，我的快乐
你和我一起旅行
就像小龙虾，
向后，向后。

鲤鱼

在你的沼泽里，在你的池塘里，
鲤鱼，你活了多久！
死亡会忘记你吗，
生而忧郁的鱼。

俄耳甫斯

化作神鸟的女人
爱，飞行的塞壬[1]，致命的歌曲
危险又不人道。
不要听这些被诅咒的鸟儿，
去听来自天堂的天使的歌声。

1　塞壬（Siren）是古希腊神话中的人首鸟身（或鱼身）女妖，以天籁般的歌声诱惑水手，使其船只触礁沉没。在伊阿宋夺取金羊毛的冒险中，俄耳甫斯曾以更美的琴声压倒塞壬之歌，助阿尔戈英雄们脱险。

美人鱼

美人鱼，难道我不知道你的无聊从何而来?
当你在夜里哀叹，离开
大海，我像你一样跟随，机械般冰冷的声音
而我歌唱的器皿叫作岁月。

鸽子

鸽子、爱和精神
谁生了耶稣基督，
那个叫玛丽的女人。
我可以跟她结婚吗？

孔雀

他展开美丽的尾巴，

尾羽拖地，

闪耀夺目

但他背后却裸露着屁股。

猫头鹰

我悲伤的心是一只猫头鹰
让我们钉上钉子，拔出钉子，重新钉上。
鲜血，热情，它已经走到了尽头。
所有爱我的人，我都赞美他们。

朱鹭

是的，我会进入暗影笼罩的地下世界，
注定的死亡，就这样吧！
致命的拉丁语，可怕的演讲，
朱鹭，尼罗河两岸的鸟类。

牛

这个小天使赞美着天堂
因为那里是天使居住的地方
亲爱的朋友们，我们会重生，
只要上帝允许。

饮 Alcools, 1913 酒 集

区域

最终你还是厌倦了这个旧世界

牧羊女啊　哦　埃菲尔铁塔　今早一群羊在桥上咩咩
　　叫着

你已经烦透了希腊罗马的古典时代

在这里即便是汽车都看上去像古董
唯一焕然一新的是宗教　宗教
依然保持着像波尔特航空港[1]机库般的简洁

基督教啊　在欧洲　只有你不陈旧

最现代的欧洲人　是您啊　教皇皮乌斯十世[2]

1　波尔特航空港位于法国维里－沙蒂永（Viry-Châtillon），建成于1909年5月23日，当时有很多飞行表演在这里进行，吸引了大量巴黎人前去观看，1918年1月1日停业。

2　教皇皮乌斯十世（Pie X，1835年6月2日—1914年8月20日），以强烈反对现代主义对天主教教义的阐释，以及促进礼仪改革而闻名。

而你　窗外的目光使你羞愧
在早上走进教堂忏悔
你阅读传单　目录和大声喧哗的海报
这就是清晨的诗歌　至于散文　你读报纸
读二十五分钱的小册子　里面全是侦探小说
名人传记和千奇百怪的标题

今天早上我路过一条不记得名字的漂亮街道
它崭新又干净　在阳光下闪亮得像军号
经理　工人　漂亮的女打字员
从周一到周六每天经过这里四次
在早晨这里会响起三次汽笛
快十二点时会有一只大钟狂号
店铺招牌和墙上的广告牌
黑板　通告　像鹦鹉一样吵吵嚷嚷
我喜欢这条工业街的优雅
它位于巴黎　在奥蒙蒂耶维尔街和特尔纳大道[1]之间
这是一条年轻的街　而你还是个小孩
你的母亲给你穿上简单的蓝白色上衣

1　奥蒙蒂耶维尔街（Rue Aumont-Thié ville）和特尔纳大道（Avenue des Ternes）都位于法国巴黎十七区。

你非常虔诚　与你最年长的同学勒内 · 达利泽[1]一起
你们最喜欢教堂里的庄严仪式
九点　把煤气灯关成蓝色　你偷溜出宿舍
你在学校的小教堂里整夜祈祷
永恒而可爱的紫晶石
永远流转着基督耀眼的荣光
那是我们精心培育的美丽百合花
那是风吹不灭的红发火炬
那是悲恸的母亲怀中苍白又绯红的孩子
那是在祈祷中茂盛生长的树
那是荣誉和永恒的双重绞架
那是六芒星
那是在上周五死去并在星期日复活的上帝
那是比任何飞行员都飞得更高的基督在升入天堂
他打破了世界纪录的高度

耶稣睁大了眼睛
本世纪以来的第二十个孤儿　他知道该怎么做
在这个世纪像上帝一样升空　变成一只鸟

1　勒内 · 达利泽（René Dalize，1879 年 11 月 30 日—1917 年 5 月 7 日），法国作家。阿波利奈尔的朋友，阿波利奈尔将自己的诗集《图画诗集》献给了他。

深渊中的魔鬼抬起头来看着他

他们说他在模仿犹太的西蒙 · 马格斯[1]

他们大喊　如果他能飞　就叫他小偷

天使们围绕着这只美丽的鸟翩翩起舞

伊卡洛斯[2]　伊诺克[3]　以利亚[4]　提亚纳的阿波罗尼乌斯[5]

围绕着第一架飞机盘旋

他们有时会分开　让那些携带圣餐的人通过

那些升天的祭司　高举着圣饼

飞机没有收起机翼就降落

天空中盘旋着数百万只燕子

乌鸦　猎鹰　猫头鹰振翅而来

从非洲来的朱鹮　火烈鸟　秃鹳

说书人和诗人赞颂的大鹏鸟

爪子里抓着亚当的头骨

1　西蒙 · 马格斯（Simon le Magicien），也被称为魔术师西蒙，在《圣经》中被认为是巫师和异教徒。

2　伊卡洛斯（Icare），希腊神话中代达罗斯的儿子。他和父亲用蜡和羽毛制作翅膀逃离克里特岛的迷宫。伊卡洛斯因飞得太高，阳光融化蜡翼而坠海身亡。

3　伊诺克（Hénoch），《圣经 · 创世记》中亚当的第七代子孙，是智慧和升天的象征。

4　以利亚（Élie），《旧约》中的犹太先知，在《列王纪》中乘火马车升天。

5　阿波罗尼乌斯（Apollonius de Tyane），公元 1 世纪的希腊哲学家、神秘主义者。在《阿波罗尼乌斯传》中，于一座神庙里肉身升天。

呼啸着从天际俯冲而下
从美洲飞来了蜂鸟
从中国飞来了长而柔软的比翼鸟
它们各自只有一个翅膀　成对飞行
后面跟着象征纯洁灵魂的鸽子
旁边是歌唱的鸟和孔雀
涅槃的火凤凰
刹那间用炽热的灰烬笼罩了一切
美人鱼离开危险的海域
唱着优美的歌而来
鹰　凤凰　比翼鸟
和飞机共同翱翔在天空中

现在你独自一人在巴黎穿过人群
公车呼啸着从你身边驶过
爱的恐惧扼住你的咽喉
仿佛你再也不会被爱一样
如果你活在古代　你会进入一所修道院
你在为自己祈祷时感到羞耻
你嘲笑自己　笑声像噼啪作响的地狱之火
火焰将你生活的大地染成金色
就像挂在昏暗的博物馆中的一幅画
有时候你会贴近仔细观看

今天你漫步在巴黎　女人们都被血染红
那是我不愿记起的美丽消逝的时刻

在沙特尔　被炙热火焰围绕的圣母玛利亚俯视着我
在蒙马特　你的圣心之血淹没了我
我已经厌倦了那些幸福的话语
在失眠和焦虑里艰难存活
痛苦的爱是一种可耻的疾病
总是如影随形

现在你在地中海的岸边
在一年四季都盛开着柠檬花的地方
和你的朋友们坐着小船悠游
一个尼斯人　一个蒙托纳思克人　两个图尔比克人
惊恐地看着深海里的章鱼
海藻中浮动着耶稣鱼[1]

你坐在布拉格郊外一家旅馆的花园里

1　耶稣鱼（ΙΧΘΥΣ）是基督教的一个代表符号，最早是基督徒为了躲避罗马帝国宗教迫害而使用的暗号。希腊文的“鱼”字，即“ΙΧΘΥΣ”，恰好由“耶稣 基督 神 儿子 救世主”这五个象征着基督教信仰核心的词汇字首组成，因此初期的基督徒很喜欢以此作为彼此间的暗号。

桌上有一朵玫瑰　这让你感到幸福
你停下了笔
观察一只在花心里安睡的金龟子

可怕的是　你在圣维特教堂的玛瑙中看到了自己的画像
你看着自己　伤心欲绝
像拉撒路[1]一样惊慌失措
犹太区的时钟指针逆转着
你的生命开始缓慢倒带
爬上哈德欣宫[2]
在晚上听小酒馆里传出的捷克歌曲

你在马赛被西瓜淹没

你住在科布伦茨的巨人酒店

你坐在罗马的一棵日本白杨树下

你在阿姆斯特丹和一个你认为很美但实际很丑的女孩

1　拉撒路（Lazare）是《圣经 · 约翰福音》中记载的人物，他病危时没等到耶稣的救治就死了，但耶稣一口断定他将复活，四天后拉撒路果然从山洞里走出来，证明了耶稣的神迹。

2　哈德欣宫（Hradčany）位于捷克共和国布拉格城堡区。

　　在一起
她将和一个莱顿的学生结婚

我们在拉丁库毕库拉[1]的罗坎达租了房间
我记得我在那里待了三天　在古达也待了三天

你在巴黎　坐在审讯法官的办公室里
像罪犯一样被逮捕

你历经了痛苦和欢乐的旅程
在你意识到谎言和岁月之前
你在 20 岁和 30 岁时都遭受过爱情的折磨
像个傻瓜一样活着　虚度光阴
你不敢再看自己的手　无时无刻不想哭泣
为你自己　为所爱的人　为所有让你恐惧的事

你含泪看着可怜的移民
他们相信上帝　虔诚地祈祷　女人哺育着孩子
他们的气味充满圣拉扎尔车站大厅

1　库毕库拉（cubiculum，复数：cubicula）是“domus”中的私人房间，“domus”是一种古罗马上层阶级居住的联排别墅。库毕库拉具有现代卧室的功能，也用于商务会议、接待重要客人和展示房子里最珍贵的艺术品，也是谋杀和自杀的首选场所。

他们像智者一样相信着星星
他们希望能在阿根廷赚到钱　然后回家
每家人都带着一床红色的被子　就像你带着你的心
被子和我们的梦想一样虚幻
这些移民中的一些会留下
住在贫民区的蔷薇街或生态街[1]
我经常在晚上看到他们　他们在大街上透气
很少动弹　像国际象棋里的棋子
大多是犹太人　他们的妻子戴着假发
坐在商店柜台后　面无血色

而你站在一间颓败的酒吧吧台前
坐在穷人中间喝一杯廉价的咖啡

你深夜在一家大餐馆里

那些女人并无恶意　尽管如此她们各怀烦恼
她们所有人　即使最丑陋的　都曾让情人受苦

一个从泽西岛来的警察的女儿

1　生态街位于巴黎四区，是一条不规则的小街道，深刻见证了法国街区的犹太文化。

我没有注意到她皲裂粗糙的手

我对她肚子上的缝线深感怜悯

我用嘴里发出的可怕笑声羞辱了这个可怜的女孩

早晨就要来临　你独自一人
卖牛奶的男人在街上把奶罐晃得哐哐响

夜晚像一个美丽的乡村女孩一样缓缓离去
虚伪的费迪内或细心的莱亚

而你灌下一杯烧灼的劣酒
灌下你的生活

你朝着奥特伊区走去　想要走路回家
想着你那些来自大洋洲和几内亚的偶像睡去
那是属于你的基督

永别了　永别了

被切断脖子的太阳

米拉波桥

米拉波桥下流淌着塞纳河水
和我们的爱情
难道我必须记得吗
欢乐总在痛苦之后来临

夜晚降临　钟声响起
时光飞逝我却留在这里

我们手拉手面对面站着
在手臂搭起的桥下
闪过疲倦的眼波

夜晚降临　钟声响起
时光飞逝我却留在这里

爱情消逝如流水
爱情消逝
正如生活如斯缓慢
而希望愈加强烈

夜晚降临　钟声响起
时光飞逝我却留在这里

日复一日　周而复始
不论时间还是爱情
逝去就不再回来
唯有米拉波桥下塞纳河水流淌

夜晚降临　钟声响起
时光飞逝我却留在这里

绝爱之歌

致保罗 · 莱奥陶[1]

在 1903 年我唱起这首歌
那时候我还不知道
我的爱情就像美丽的凤凰
如果在晚上死去
就会在早上涅槃

在伦敦的一个多雾夜晚
一个流浪汉
像我的爱人一样走向我
他的目光让我羞愧地低下头

我一路跟着这个
吹着口哨的坏孩子
我们仿佛置身于
红海岸边开阔的房屋之间

1 保罗 · 莱奥陶（Paul Léautaud，1872 年 1 月 18 日—1956 年 2 月 22 日），法国作家、戏剧评论家。

他是希伯来人　我是法老[1]

如果你不被爱
砖块会像波浪一样倒下来
如果你不是唯一
我将是埃及的君主
把他的妹妹许配给军队

在伦敦的一个
灯火通明的街角
大楼在低低的哀鸣
血腥潮湿的雾气中
走出一个女人

她的目光冷漠
裸露着颈项上的伤疤
从一个酒馆走出来
这时候我看穿了

---

1 《圣经·旧约·出埃及记》记载，希伯来人（以色列人）在埃及为奴，先知摩西受上帝指引，借降十灾迫使法老同意其离开。逃离途中，摩西分红海助族人脱险，后于西奈山领受“十诫”，确立与上帝的契约。历经四十年旷野漂泊，最终重返应许之地。此典故象征脱离压迫、信仰确立，成为犹太教与基督教的核心叙事之一。

爱的虚伪

法老最终还是选择了回到
尤利西斯的故土
衰老的狗还趴在
刺绣精美的挂毯旁想念他
他的妻子在等他回来

从圣康塔尔归来的丈夫
厌倦了征服的喜悦
他看见她
因为等待和爱而憔悴的眼睛
他像一头雄性羚羊一样
接受她的爱抚

相比于这个幸福的国王
我却受苦于虚假的爱
我始终爱着的人
给予我背叛的阴影
使我如此不幸

深陷在悔恨的炼狱中
被遗忘的天空向我的欲望徐徐展开

为了她的吻
世界之王也会去死
也会卑微地将灵魂供上

我在回忆里度过了寒冬
让复活的阳光回归吧
温暖这颗冰冷的心
比塞巴斯蒂亚四十烈士[1]还要冷
比我被折磨的生命还要黯淡

我美丽的船啊　我的记忆啊
我们已经航行得够久
在难以忍受的浪涛中
我们已经漂泊得够长
从美丽的黎明到悲伤的夜晚

告别虚伪混乱的爱
连同那个正在远去的女人
连同那个我失去的女人

1　塞巴斯蒂亚四十烈士或圣四十烈士是一群罗马士兵，隶属于第十二军团，于公元 320 年为基督教信仰殉道。这四十名公开承认自己是基督徒的士兵被省长判处在严寒的夜晚赤身裸体地暴露在塞巴斯特附近的池塘边冻死。

去年　在德国
那一次就是永别

噢　银河闪着光
变成迦南的白色小溪
变成恋人的白色乌鸦
我们将随着死者
游向其他星云

我记得另一年
那是四月的黎明
我歌唱了爱的喜悦
以雄壮的声音歌唱了爱
在那一年爱的时刻

一年前在拉塔尔日[1]唱的晨歌

春天到了　帕奎特　我们走吧
去美丽的树林里散步
院子里的母鸡咯咯叫着

1　拉塔尔日（Laetare Sunday）是西方基督教礼仪中四旬斋节的第四个星期日。

黎明在天空中卷起玫瑰色褶皱
你走在迎接爱的路上

马尔斯和维纳斯归来了
他们疯狂地拥吻
身后是如画的美景
在玫瑰花下
赤裸的神祇们翩翩起舞

我的温柔是春天的女王
在花开之际徐徐显现
大自然美不胜收
潘[1]在森林中吹口哨
湿漉漉的青蛙唱着歌

许多神都死去了
柳树在为他们哭泣
伟大的潘　爱神　耶稣
都已经死去　猫咪在院子里

1　潘（Pan），是希腊神话里的牧神，众神传信者赫耳墨斯之子。潘神有人的躯干和头，山羊的腿、角和耳朵，掌管森林、田地和羊群。潘生性好色，经常藏匿在树丛之中等待美女经过，然后上前求爱。

叫喊　我在巴黎哭泣

我会弹奏为女王而作的古老曲调
述说岁月悲哀的歌
为墨鱼而唱的奴隶赞歌
永失所爱的情歌
还有唱给美人鱼的歌

爱情已死　我止不住地颤抖
我崇拜美丽的偶像
追溯那些与它相似的回忆
就像摩索拉斯[1]的妻子一样
我始终忠诚而悲伤

我像狗一样忠诚
依赖主人就像常春藤依赖树干
就像喝醉的扎波罗热哥萨克人[2]

1　摩索拉斯（Mausole），波斯帝国卡里亚总督，公元前 377 年至前 353 年在位。

2　扎波罗热哥萨克人是居住在第聂伯河急流（其上游）以外的哥萨克人，位于乌克兰中部历史上称为扎波罗热的地区。哥萨克是生活在东欧大草原的游牧社群，是俄罗斯和乌克兰民族内部具有独特历史和文化的一个地方性集团，在历史上以骁勇善战和精湛的骑术著称，并且是支撑俄罗斯帝国于 17 世纪向东方和南方扩张的主要力量。

老去的流浪汉和小偷
依赖着草原和十诫[1]

把新月像枷一样背在肩上
让占星家们去猜测吧
我是无所不能的苏丹
哦　我的哥萨克
我是你们迷人的主人

“成为我的忠实臣民吧”
苏丹给他们写了这封信
在烛光的映照下
他们看到了这个消息
开心地跳了起来

扎波罗热哥萨克人回应君士坦丁堡的苏丹

比巴拉巴[2]更罪恶

1　十诫或称摩西十诫，根据《圣经》记载，是以色列的先知和首领摩西向以色列民族颁布的律法中首要的十条规定。以十诫为代表的摩西律法是犹太人生活和信仰的准则，也是最初的法律条文。

2　巴拉巴（Barabbas），《圣经·新约》记载的一名强盗。彼拉多曾将他与耶稣一同带到犹太群众前，询问二者中释放哪一位。结果巴拉巴获释放，耶稣则被判处死刑。

长角犹如邪恶的天使
堕落的恶魔巴力西卜[1]
以淤泥和泥浆为食
我们绝不会参加你的黑暗盛宴

来自萨洛尼卡的腐烂鱼肉
用噩梦串起的项链
刺刀刺瞎的眼睛
你的母亲放了个不成熟的屁
而你从她的结肠中诞生

来自波多里亚的刽子手
烂疮　溃疡　硬痂
猪的鼻子　母马的屁股
把你的财富通通留下
用来支付你的药物

噢　银河闪着光
变成迦南的白色小溪

1　巴力西卜（Béelzéboul），意思为“苍蝇王”，非利士人的神，在《圣经·新约》中被称为“魔王”，后人认为其对应《圣经》中七大罪的暴食。恶魔学里认为他是地狱的最高统帅，约翰·弥尔顿将其描绘成外貌威严的智者，是最强大的堕天使。

变成恋人的白色乌鸦
我们将随着死者
游向其他星云

妓女眼睛里的悔恨
像豹子一样美丽
在爱情里佛罗伦萨式的热吻
混杂着苦涩的味道
命运的泪水

她的目光
在夜晚里洒下颤抖的星星
她的眼中游弋着美人鱼
而我们血腥的亲吻
让仙女流下泪水

但事实上　我在等待着她
用我的心　用我的灵魂
如果在那座桥上
再也不会有她回来的身影
我会告诉她我很高兴

我的心和脑什么也不剩下

整个天空都为她而流转
哦　达那伊得斯[1]的无底桶啊
怎样才能再次快乐呢
回到孩子的天真

我永远不想忘记她
我的鸽子　我的白色港口
哦　凋落的雏菊
我远处的岛　我的渴望之地
我的玫瑰　我的丁香

山羊人和拜劳斯特人
埃及人　磷火
被诅咒的命运　或是幸运
痛苦像加来[2]的绞刑
血流成河的屠杀

疼痛延长了生命

1　达那伊得斯（Danaïdes），希腊神话中埃及王达那俄斯（Danaus）与妻子或情人们所生的五十个女儿的总称。“达那伊得斯”该名称意为“达那俄斯的女儿们”，她们因为谋杀亲夫而被惩罚永远向一个无底的桶倒水。

2　加来（Calais），法国北部城市，由于其特殊的战略位置在历史上曾多次成为战场，包括古罗马时期、英法百年战争时期以及第二次世界大战。

独角兽和摩迦罗[1]

我的灵魂和我不确定的身体

都在逃离你　神圣的祭坛点缀着

晨曦中的残星和花朵

不幸的脸色惨白的神

疯狂的祭司们是否为你装饰

象牙的眼睛

穿着黑袍的苦修者

他们是否徒劳地哭泣

哭泣你的失信

而你随我匍匐前进

和诸神一起在秋天死去

你丈量了多少命运

我有大地授予我的权利

那就是我的影子　我的老仆人

因为你喜欢太阳

所以我带着你离去　请记住

1　摩伽罗（Makara），印度神话中的海兽，恒河女神及伐楼拿的坐骑。它亦是印度教中代表爱与欲望的神祇伽摩的标志。

我所爱的忧郁的妻子
你是我的
却虚无得像哀悼的影子

像死一样寂静的冬天
在花园和果园里
覆盖着白雪
鸟儿在树枝上唱歌
唱到明亮的春天　轻盈的四月

不朽的亚吉拉斯皮德斯[1]的阵亡
雪包裹着银盾
又落在尸体托运工的头上
在亲爱的春天里
穷人的湿润眼睛又有了笑意

而我　心情如此沉重
如同胖妓女的屁股
哦　我的爱人　我爱你太深

1　亚吉拉斯皮德斯（Argyraspides，字面意思为银盾），他们是亚历山大大帝马其顿军队的一个师。他们是帕曼尼翁之子尼卡诺尔和塞琉古所率领的精锐部队，并受到亚历山大的高度评价。他们携带镀银盾牌，因此得名。

现在我有太多的痛苦
像七把离开剑鞘的剑

七把忧郁的剑
横亘在我的心中
没有开刃却钝痛
越痛苦越清醒
就像我无法忘记的你

七把剑

第一把是纯银的
它颤抖的名字是帕林
它的剑刃如冬天飘雪的天空
它的命运血腥而黑暗
伏尔甘[1]在锻造它时死去

第二把叫努博斯
是一道美丽的彩虹
众神婚礼的圣器

1　伏尔甘（Vulcan），是罗马神话中的火与工匠之神，罗马十二主神之一。朱庇特之子，对应希腊神话中的赫菲斯托斯。

它杀死了三十个贝里厄斯
卡拉博丝赐予它力量

第三把是温柔的蓝色
它也是一把神奇的剑
名叫卢尔 · 德 · 法尔腾[1]
被赫尔墨斯变短
放在一块桌布上展示

第四把叫马洛伦
是一条翠绿而金色的河流
在傍晚河岸边的女人们
沐浴着她们优美的身体
艄夫们的歌声回响不绝

第五把叫圣 · 法鲍
是最美丽的芦苇
一棵植根于坟墓上的柏树
四面八方的风都跪拜于此
在夜晚它是一盏永恒的明灯

1　卢尔 · 德 · 法尔腾（Lulde Faltenin），是阿波利奈尔一首诗的名字，意译为“塞壬的男人”。

第六把是闪耀的金子
是朋友柔软的双手
在每个早晨和它告别
再见　这是你的道路
公鸡吹响欢送的号角

而第七把剑
是一个女人　一朵枯萎的玫瑰
谢谢这个在我爱的大门关上之前
最后到来的人
我从未认识过你

噢　银河闪着光
变成迦南的白色小溪
变成恋人的白色乌鸦
我们将随着死者
游向其他星云

无常的恶魔
用天空的歌声引导我们
小提琴的乐音
让人类在逆行中舞蹈
向着后退的下坡

命运　深不可测的命运
疯狂的国王
颤抖的星星
流连于床笫的女人们
都被埋在历史茫茫的沙漠里

年迈的摄政王路德维希[1]
两个疯狂国度的监护人
当萤火虫摇曳时
他想到圣约翰节的金色蜉蝣
流下了眼泪

在一座没有女主人的城堡附近
一艘小船唱着歌
在白色的湖面上航行
春风微微地吹着
一只垂死的天鹅像游弋的美人鱼

有一天　国王被银色的水淹没

1　路德波德 · 卡尔 · 约瑟夫 · 威廉 · 路德维希（Le prince Luitpold de Bavière，1821 年 3 月 12 日—1912 年 12 月 12 日），1886 年至 1912 年间巴伐利亚事实上的统治者，担任他的侄子路德维希二世国王和奥托国王的摄政王。他的摄政是因为他侄子精神上无行为能力。

他张开嘴巴浮出水面
漂回河岸
死一般地睡去
脸朝向变幻的天空

六月炽热的太阳竖琴
灼伤了我的手指
怀着忧伤而悠扬的妄想
在美丽的巴黎飘游
却没有勇气在这里死去

星期天在这里永远延续
巴巴里海岸[1]的风琴
在灰色的院子里哀鸣
巴黎阳台上的花朵
像比萨斜塔一样倾斜

巴黎的夜晚喝了太多的金酒
有轨电车的脊背上

---

1 巴巴里海岸（Barbary Coast），又译巴巴里（海岸）、巴巴利（海岸）、巴贝里（海岸），是16至19世纪的欧洲人对马格里布的称呼，即北非的中及西部沿海地区，相当于今天的摩洛哥、阿尔及利亚、突尼斯及利比亚。

燃烧着电光火花
在轨道上奏响
疯狂的机器之歌

在烟雾缭绕的咖啡馆
和吉卜赛人大声调笑
对着水烟筒不停咳嗽
吉卜赛男孩穿着腰布
向着我深爱过的你走去

我知道为女王编写歌谣
为我的年华写下悲歌
为奴隶之男和鳗鱼写下歌谣

我知道那些为女王而作的古老曲调
述说岁月悲哀的歌
为墨鱼而唱的奴隶赞歌
永失所爱的情歌
还有唱给美人鱼的歌

秋水仙

入秋后草地上的毒草
生长得分外美丽
奶牛们吃着草
慢慢中毒
黑眼圈和紫丁香
那是秋水仙的颜色
你的眼睛秋水仙一样开放
像秋天
像花的黑眼窝
我的生命也因你的眼睛
慢慢中毒

学童们蜂拥而至
穿着罩衫
吹着口琴
摘下母亲一样的秋水仙
她们女儿的女儿
都有着你眼窝的颜色
你的睫毛颤动
像花在狂风里摇曳

牧人轻轻哼唱

缓慢移动的牛群

哞哞叫着

永远舍弃了这片草地

和秋天带来的邪恶花朵

宫殿

致马克斯 · 雅各布[1]

光着脚　在夜晚前行
向着梦境深处的玫瑰宫殿
它像一个裸体国王一样耸立
被玫瑰园里的玫瑰鞭挞的肉体

可以看见我的幻想出现在花园深处
她们对青蛙的音乐会致以微笑
想要一棵大柏树
把阳光变成玫瑰破碎的镜子

是哪个弓箭手被落日重伤
在玻璃窗上留下血污的手掌
把赛浦拉斯酒变苦的树脂
我在白羔羊盛宴上曾经品尝

在放荡国王的尖尖双膝上

1　马克斯 · 雅各布（Max Jacob，1876 年 7 月 12 日—1944 年 3 月 5 日），法国诗人、画家、作家和评论家。

她有最美的年华和裙子
神秘的玫瑰夫人转动着
圆圆的小眼睛像一个汉人

我幻想中的女人有珍珠般的臀部
但臀部和珍珠都比不上
通往东方的梦想
你在等待谁　我最美的邻居

咚咚咚　请进门　天要黑了
昏暗中一盏被烤过的金属灯
把你的头用头发挂在衣帽架上
夜空中有针一样的闪光

我们走进客厅
闻到油脂和烧焦的肉味
二十个汤碗里有三个是尿的颜色
国王吃了两个汤里的蛋

然后帮厨端来主菜
那是我的幻想的烤肉
美梦像死胎一样被带血切片
腐烂的记忆被做成肉丸

而这些思想死去了数千年
乏味得像冰冻的猛犸象
来自骸骨堆的骨头或幻想
在我大脑褶皱上跳着死亡之舞

所有的食物都尖叫着
　　但是该死！
　　饥饿的肚子没有耳朵
客人们还在大吃大喝

该死！那些排骨牛髓牛肋眼都在喊些什么
火的舌头啊
在时空的长河里
何处是我思想的圣灵节

唱诗班

大海的号角吹奏唯一的长音

暮色

致玛丽 · 劳伦森[1]小姐

白日完尽
死亡的阴影掠过草地
一个喜剧演员脱去衣服
欣赏着她在水池中的身体

暮色中一个玩把戏的人
吹嘘着将要开始的表演
天空没有颜色和污点
镶嵌着牛奶般苍白的星星

喜剧演员登上舞台
向观众们打招呼
来自波西米亚的巫婆
几个仙女和魔法师

他摘下一颗星星

---

1 玛丽 · 劳伦森（Marie Laurencin，1883 年 10 月 31 日—1956 年 6 月 8 日），法国画家和版画家。

举起手展示
一个吊着脚的人
踩着钹打节拍

盲人轻摇着漂亮孩子
母鹿带着小鹿经过
侏儒露出悲伤的神情
当看到他自己不可思议地长高时

安妮

在得州的海岸
莫比尔和加尔维斯顿之间
有一个开满玫瑰的美丽花园
里面有一座别墅
像一朵巨大的玫瑰

有位女士常常独自
在花园里散步
当我穿过两边长着酸橙树的路
我们目光交会

她是门诺教徒[1]
因此她的玫瑰和衣服没有扣子
我的上衣也少了两颗纽扣
这位女士和我几乎遵循着相同的礼仪

1　门诺教，当代基督新教的一个分支。门诺教女性通常穿着朴素的长裙，没有扣子。

逝者之家

致莫里斯 · 雷纳尔[1]先生

像修道院一样
逝者之家围绕着墓地
玻璃窗内
正如时装店的橱窗
人偶们没有站着微笑
而是永久地扭曲着脸庞

抵达慕尼黑十五至二十天后
我无意之中初次踏入
这片野蔓丛生的墓地
在一群衣冠楚楚
等待下葬的中产人士面前
我的牙齿止不住地打战

倏忽间
快得像我的回忆

---

1 莫里斯 · 雷纳尔（Maurice Raynal，1884 年 2 月 3 日—1954 年 9 月 18 日），法国艺术评论家，也是立体主义的热心宣传家。

玻璃窗内一个接一个地
人偶的眼睛重新燃起光芒
天空充斥着灾难般的灰色
大地荒无人烟
像伽利略前的时代
蕴藏着无尽的奥秘
钻石天使打破所有的玻璃窗
逝者们纷纷上前与我攀谈
带着异世界的神色

但他们的面孔和姿态
转瞬便少了些忧郁
他们的魂魄
在天地间消逝
逝者们饶有兴味地
注视着他们在光里灰飞烟灭的幽魂
仿佛那是他们的前世

我清点他们的人数
男人　女人和孩童
共 49 人
都有着美丽的面孔
此刻他们看着我

如此亲切
甚至温柔至极
我也以友好相待
毫不犹豫地
我邀请他们散步
离开逝者之家的拱廊

大家手挽手
哼着军歌
“是的　你们的罪孽都获得了赦免”
我们一起离开了墓地

穿过了城市
频繁遇见正在相聚的朋友和亲人
刚刚逝去的人
总是那么明朗
那么迷人和健康
能够分清活人与逝者的人
是何等地聪明啊

在乡下
我们离别
两个轻骑兵加入我们

我们热烈欢迎
他们砍下一些接骨木
做成哨子
送给孩子们

在乡间舞会上
舞伴们手搭着肩
在齐特琴发出的轻盈乐音中舞蹈

这些逝者
没有忘却舞蹈
也没有忘却饮酒
钟声响起
宣告要开启新的酒桶

一个死去的女孩
坐在酸刺子茶丛旁的长椅上
让一个学生屈膝在她脚下
向她求婚

活着的人说
“我会等待您
如果有必要的话

等待十年二十年
遵循您的意愿”

死去的人回答
“我会等待您
等待您的一生”

活着或死去的孩子们
唱着荒诞而抒情的童谣
这或许是
人类
最古老的诗歌遗迹

学生把戒指套在
早亡女孩的无名指上
“这是我爱的誓言
我们的订婚之证
时间和离别
也无法让我们的诺言改变
总有一天
我们会举办盛大的婚礼
我们的衣服　你的秀发
插满了香桃木

在教堂里有牧师优美的演说
宴会后长篇大论的致辞
在永不结束的音乐里
音乐里”

这位未婚妻说
“我们的孩子
会越长越漂亮
糟糕！戒指碎了
若它们是银子或金子
翡翠或钻石
会更明亮　更明亮
比天上的星辰
比黎明的光芒
比你的眼睛还要亮
它们会散发更美好的味道
糟糕！戒指碎了
比初开放的丁香
比百里香或玫瑰
薰衣草或迷迭香还要香”

音乐家们离去了
我们接着散步

来到一个湖边
我们拿着扁平的鹅卵石
在平静得像镜子的湖面上打水漂

船只停泊在港口
我们解开纤绳
在大家全部上船后启航
几个逝者
如生者般精力充沛地划桨

在我掌舵的船头
一个逝者正和一位年轻女子交谈
那女子身穿黄色连衣裙
黑色上装
戴着蓝丝带
和一顶带有小羽毛的灰色帽子

他说
“我爱您
就像雄鸽爱雌鸽
夜行的昆虫爱日光”

生者答道

“这太迟了
请收回您这禁忌的爱
我已经结婚
看看这闪亮的戒指
我的手指颤抖
我在哭泣　我想死去”

船开到某处
骑兵知道岸边会有声音回应
于是大家七嘴八舌地提问
问题荒诞不经
答复却异常妥帖
多么好笑啊
逝者接着对生者说

“我们在一起会万分幸福的
水面会因为我们闭合
但您在哭泣　您的手在颤抖
我们都无法再回头”

我们回到岸上开始返回
恋人们目光依依
前后不一地走着

逝者爱上了生者
生者爱上了逝者
伶仃的杜松树像幽灵
孩子们吹着接骨木做的哨子
脸颊鼓起
打破宁静的空气
战士们唱着蒂罗尔[1]山歌
如同我们在山里那样
互相唱和

到了城里
我们的队伍越来越小
向彼此道别
说着再见
明天见
之后见
许多人走进酒吧
另一些人
停驻在狗肉店门口
在那里买晚餐

1　蒂罗尔（Tyrol），欧洲中部的一个地区。目前分属奥地利和意大利两国。

不久只剩下我一个
和这些死者一起
他们直奔
墓地
在拱廊下
我认出了他们
他们躺着
一动不动
穿着得体
等待着玻璃窗后的葬礼
他们并不知道
发生了什么
但生者却保留着记忆
这是一种出乎意料的幸福
如此确定
他们丝毫不害怕失去

他们如此高尚地生活
之前还轻视他们的人们
现在也仰慕起
他们的力量　财富与才华
因为还有什么能比
爱上一个死去的男人或女人

更能打磨灵魂呢

我们变得如此纯洁

与记忆的冰川融为一体

坚毅无比

不再需要任何人

队伍

致莱昂·贝利[1]先生

鸟儿安静地逆着风飞行
在空中筑巢
飞向镶着金边的地平线
闭上你的第二层眼睑
当你抬起头
大地使你炫目

我也是　近看黯淡无光
像一团遮住路灯的雾气
像一只蒙住眼睛的手掌
像一个阻隔所有光线的穹顶
我将被周围的影子
和星星般的眼睛点亮
光芒万丈地离开

鸟儿安静地逆着风飞行

1　莱昂·贝利（Léon Bailby，1867 年 3 月 9 日—1954 年 1 月 19 日），法国记者和媒体老板。

在空中筑巢
飞向镶着金边的我的记忆
闭上你的第二层眼睑
不因太阳　不因大地
只为这团愈燃愈烈的火
它终将成为唯一的光

这一天
这一天　我满怀期待
心里默念着　纪尧姆　你该来了
我总算可以知道我是谁
一个知晓他人的人

我用五感了解他们
只需瞥见他们的腿　就能重现千万个人
若我想成为一名医生
只需看到他们惊慌的脚和一根发丝
又或他们的舌头
若我想成为一名预言家
只需看到他们的孩子
船主的船只　同行的笔迹
盲人的钱　哑巴的手
甚至只是一个词汇而非写作

一封二十多岁的人写的信
就足以让我闻到教堂的气味
他们所在城市里的花香
乌鸦　小狗身上的味道
就足够让我准确描述您在科隆[1]的同胞
他们的东方三王[2]和一群乌尔苏拉修女
那些启发你所有关于女性的错误观念的人
我只需要品尝一片月桂叶
就能决定我是爱它还是嘲笑它
只需触摸到一块衣角
就能知道一个人是否怕冷
哦　我所知道的人啊
只需听到他们的脚步声
我便能指出他们前进的方向

这些足够让我相信

1　科隆市（Köln）是德国的第四大城市，人口 100.7 万，仅次于柏林、汉堡和慕尼黑，是一座大都市，也是德国西部莱茵河畔历史文化名城和重工业城市。

2　东方三王，又称东方三博士、东方三贤士、三智者等，在艺术作品和基督教刊物经常提到，一般会与耶稣和其父母、牧羊人，以及马厩中的动物一同出现。有人认为三博士的名字是巴尔大撒、墨尔基和加斯帕，也有一说是来自中国，其中一位博士可能是西汉的天文学家刘向。

我有重塑他人的力量
这一天　我满怀期待
心里默念着　纪尧姆　是时候你来了
迈着热情的步伐
向我所爱的人更进一步
浑身长满藻类的巨人穿过海底之城
塔楼是唯一的岛屿
大海深邃明亮
流经我的血管　让我的心脏跳动
然后在陆地上出现了千百个白色的部落
每个人手中都拿着一枝玫瑰花
说着一路上创造的语言
我从他们口中学会
至今仍然说着这样的语言
队列经过　我寻找着我的身影
但所有出现的人　都不是我
他们一个个地带来我的碎片
我像一座塔一样被重建
人们聚集起来　我出现了
由世间的万物构成

时光流逝　创造我的众神也已离去
我和你们一样都是匆匆的过客

移开空洞的未来之上的目光
我看见过去正在生长

没有死亡　意味着从未存在
与闪耀的过去相比　明天是无色的
它在完美旁边没有形状
映现出今天的努力和奋斗

玛丽姿比勒

在科隆的大街上
每天晚上
她都来来回回走着
让人欣赏娇小的身姿
逛烦了马路后她在
昏暗的酒吧里
喝到深夜

她落魄至此
是因为一个红发皮条客
一个身上有大蒜味的犹太人
把她从小岛
带去上海的青楼

我认识许多
被命运抛弃的人
飘零如落叶
他们的眼睛像微弱的火苗
他们的心灵像房门一样摇摆不定

玛丽

你在这里跳着舞　小姑娘
在你变成老婆婆时还会这样跳舞吗
轻快地跳着马克洛特舞[1]
所有的钟声都响起
你什么时候才会回来呢，小玛丽？

面具沉默了
音乐声如此遥远
仿佛来自天际
是啊我想要爱你但只是轻轻地爱你
我的痛苦是甜蜜的

绵羊们走进雪里
一团团羊毛和白银
一队士兵走过
为何我没有一颗变幻无常的心

1　马克洛特舞（Maclote、maclotte 或 makelote）是瓦隆（比利时）语“matelote”一词的变形，最初是水手在船上表演的自娱自乐的舞蹈，后来流行于瓦隆的村庄。

变幻之后我还会知道吗

我会知道你的头发落往哪里吗
如海浪一样卷曲的头发
我会知道你的头发落往哪里吗
你的手掌像秋天的落叶
铺满我们的誓词

我走在塞纳河畔
手臂里夹着一本古老的故事书
河水像我的悲伤一样
永不停歇地流淌着
什么时候这个星期才结束呢

白雪

天使天使在空中
一个穿着军官服
一个穿着厨师服
其他的唱着歌

英俊的军官　天空的颜色
在圣诞节过去很久后
甜蜜的春天
授勋给你一枚美丽的太阳
　　美丽的太阳

厨师拔着鸡毛
　　啊！下雪了
　　下雪了
多希望爱人在我怀中

安德烈·萨尔蒙[1]婚礼上的诗朗诵

1909 年 7 月 13 日

今早看见街上的旗帜时　我并没有想到

看吧　这就是穷人们的漂亮衣服

也不是谦逊的民主掩饰它的伤口

也不是自由受到推崇让人效仿

自由啊　植物般的自由　哦　是世间唯一留存的自由

也不是因为房子着火　我们一去不返

也不是这些挥动的手明日还会继续劳作

也不是因为不懂得享受生活的人被绞死

也不是夺回巴士底狱　世界得以重建

我知道只有诗人才能做到

今天巴黎彩旗飘扬

因为我的朋友安德烈·萨尔蒙要在这里举行婚礼

我们相遇在一个地下小酒吧

两个衣衫褴褛的年轻人

1　安德烈·萨尔蒙（André Salomon，1881 年 10 月 4 日—1969 年 3 月 12 日），法国诗人、艺术评论家和作家。他与阿波利奈尔和莫里斯尔·雷纳尔（Maurice Raynal）是立体主义的捍卫者。

边抽烟边等待着黎明
醉心于那些含义终需要改变的话语
被欺骗的小可怜们　还不知道如何微笑着
用一桌饭菜和两杯酒变成垂死的人
俄耳甫斯向我们投来最后一瞥
杯子在地上摔得粉碎
而我们也学会了大笑
后来我们离开了　两个失落的朝圣者
穿过街道　穿过乡村　穿过理智
我在河边再次遇见他　河面上漂浮着奥菲莉亚[1]的尸体
似一朵白花盛开在睡莲之间
伴着长笛疯狂的曲调
他向苍白的哈姆雷特走去
我又看见他靠近一位垂死的俄罗斯农民
欣赏着像女人胴体一样洁白的雪景
我看到他为了守护我们曾说过的话费尽心力
改变了孩子气的面庞　我讲的所有
过去　和未来　因为我的朋友安德烈 · 萨尔蒙今日在

1　奥菲莉亚（Ophélie）是著名悲剧《哈姆雷特》中的角色之一，早期象征主义诗歌的代表人物。波洛涅斯的女儿。她与哈姆雷特双双陷入爱河，但她哥哥警告她，王子的政治地位会使他们无望结合。作为哈姆雷特疯狂复仇计划的一部分，她被他无情抛弃，加上父亲的死让她陷入精神错乱，最终失足落水溺毙。

此举行婚礼

让我们欢庆吧
不仅因为我们的友谊似河流　滋养我们的心灵
也不仅因为我们的酒杯再次投来俄耳甫斯临终的目光
也不仅因为我们已经成长得如此巨大
乃至许多人将我们的眼睛与星星混淆
也不仅因为自由成为公民窗前猎猎作响的旗帜
百年来　他们都在用微弱的力量捍卫自己的生活
也不仅因为拥有诗歌的我们知晓构成和解构宇宙的话语
也不仅因为我们可以不顾一切放声大哭　也懂得放声大笑
也不仅因为我们像从前一样抽烟饮酒
让我们欢庆吧　因为篝火和诗人的引领
爱像光一样
填满行星与恒星间所有密不透风的缝隙
爱让我的朋友安德烈·萨尔蒙今日在此举行婚礼

告别

我摘下这一枝石楠花
请你记得秋天已经逝去
我们将永不能在地面上相见
石楠花散发着时间的香气
请记得我还在等待着你

莎乐美[1]

为了再博得让 · 巴蒂斯特[2]一笑
陛下　我会比六翼天使[3]跳得还要好
母亲　请告诉我　为什么你站在王太子的身边
穿着伯爵夫人的裙子
神情却如此悲伤？

当他讲道时我在茴香中起舞
我的心怦怦直跳
我在一面旗帜上绣满了百合花
注定要在他的权杖上飘扬

现在我该为谁绣花呢

1　莎乐美（Salomé），相传是希律二世与希罗底王后的女儿，希律 · 安提帕斯的继女。她痴迷施洗者约翰，却被拒绝，爱而不得。在希律 · 安提帕斯的宴会上，莎乐美跳“七纱之舞”取悦了继父，作为回报可以提出任何请求，她要求斩首并得到施洗约翰的头。当约翰的头颅呈上时，她亲吻了死者的嘴唇，最终自己也被希律王下令处死。

2　让 · 巴蒂斯特（Jean-Baptiste），即施洗者约翰。

3　六翼天使（Séraphin），也是炽天使（或音译撒拉弗），是《圣经 · 旧约》中描述的一类高阶天使，特征为生有六翼。犹太教认为此类天使拥有人类的外表，而天主教神学则把炽天使归类为天阶中最高的等级“神圣阶级”。

他的权杖在约旦河畔再次绽放
哦　希律王啊
当您的士兵将他带走后
我花园里的所有百合都枯萎了

随我去梅花形的树下吧
哦可爱的宫廷小丑　不要哭泣
用这头颅代替你的玩偶　跳舞吧
不要触摸她的额头　我的母亲已经冰凉

陛下走在前面　侍卫走在后面
我们要挖一个洞将他掩埋
我们会种一些花　围成圈舞蹈
直到我失去袜带
　　　　国王失去烟盒
　　　　婴儿失去念珠
　　　　神父失去经书

门

旅馆的门可怖地笑着
妈妈　它要对我做什么？
让我成为一名从未存在过的员工
比翼的情侣潜入悲伤的深水
初生的天使在昨天早上的马赛降临
我听见死亡和苏醒如一首遥远的歌曲
微弱得像我一样一文不值

孩子　我把挣来的钱都给了你

卖艺人

致路易斯 · 杜默尔[1]

在荒原上　艺人们
沿着花园的小路走向远方
路过灰色的旅馆门口
穿过没有教堂的村庄

孩子们走在前面
其他人走在梦里
每棵果树都在忍受
他们从远处传来的叹息

他们背着圆的或方的
金箍的大鼓
熊和猴子这些聪明的驯兽
沿路乞讨着硬币

1　路易斯 · 杜默尔（Louis Dumur，1863 年 1 月 5 日—1933 年 3 月 28 日），瑞士法语作家，其大部分文学创作都在巴黎的法兰西美居酒店内。

夜风

哦！松树枝在相撞时吱吱作响
夹杂着旁边河流传来的哀号
精灵在风中时而狂笑时而低吟
阿蒂斯[1]　阿蒂斯　阿蒂斯　迷人又放纵

精灵们在夜中嘲笑你的名字
因为一棵松树倒在哥特式的风中
森林像一支古老的军队逃向远方
他们的长矛在拐角处摇曳
此刻被黑夜笼罩的村庄沉思着
像处女　像老人　又像诗人
不会因任何来客的脚步声而醒来
不会因兀鹫猛扑向鸽子而醒来

1　阿蒂斯（Attis），弗里吉亚神话中的植物神，众神之母西布莉（Cybèle）的配偶。西布莉原为男性，但被神阉割而变成女性，被阉割掉的生殖器落地化为扁桃树。自然女神娜娜吃了这棵树上的扁桃，怀孕生下了阿蒂斯。阿蒂斯长成为美少年，又被西布莉所爱。后来阿蒂斯爱上一个凡间少女，西布莉就使他发疯，自己阉割了自己，并在松树下自缢。宙斯把阿蒂斯化为松林，他流的血里长出紫罗兰。

塞壬的男人

致路易斯·德·贡札格·弗里克[1]

美人鱼　我爬向你的巢穴
你在海里吐着舌头
在他们的战马前舞蹈
拍打着你天使般的翅膀
我聆听着这合唱团竞相演唱

武器啊　我不安的头颅
我挥舞着枯萎的柳条
驱散那温热的气息
我朝你大声呼喊
而你的嘴唇可怕地沉默着

那里有一个奇迹
它无与伦比
血液从我的伤口喷涌而出
我不得不承认

1　路易斯·德·贡札格·弗里克（Louis de Gonzague Frick，1883 年 3 月 13 日—1958 年 4 月 9 日），法国诗人。

我的骄傲已被尽数抹杀

如果船夫已经划着船
远离了浪花的嘴唇
千万只美丽的动物
将会沿着路途的气味
嗅到我挚爱的伤痛

他们有小兽一样天真的眼睛
唤醒了我的同情
不管我的智慧
是否能像星座一样闪耀
到了夜晚我这颗星星也会为你指引

美人鱼　我终于潜入
潜入那贪婪的巢穴
你闪烁的眼眸
在海底变得如此幽微
再也无法蛊惑过往的人们

细心观察
我看见我们的森林落叶满地
海边阳光惬意

水手们渴望着
横桁和桅杆能再次启航

我继续下潜
转瞬间苍穹变成一个巨大的水母
而我熊熊燃烧
只有手臂是唯一的慰藉
变成了盛放的火炬

鸟儿向大海吐着舌头
昨日的阳光向我奔来
人鱼巢穴里
血染成河
在那远离星辰的地方

吉卜赛人

吉卜赛人知道未来
我们的生活将被夜晚封锁
我们向她道别之后
从井里升起了希望

爱沉重得像一头被驯养的熊
当我们追寻时她却站起来跳舞
青鸟失去了羽毛
乞丐失去了圣母

我们深知将永受地狱之苦
但爱的希望在路上
我们手拉着手
思考吉卜赛人的预言

秋天

一个罗圈腿的农民牵着牛
缓缓走向秋天的雾
那里隐藏着肮脏贫穷的村落

他一边走一边唱着
一首爱与永恒之歌
关于一枚戒指
和一颗正在破碎的心

哦！秋天　秋天
夏天因你而死去
两个灰色的影子走进雾里

兰多尔路[1]的移民

致安德烈 · 比利[2]

他手握帽子右脚迈入裁缝店
一个专为国王制衣的时髦小店
店主刚刚切下几个模特的头
它们穿着售卖的衣服

人们从四面八方拥来
地上混乱地爬行着无爱的影子
双手伸向充满光明的天空
像白色的鸟一样飞翔

　　明天我将驾船去往美洲
　　　　永不再回来
带着在农场里赚来的钱
指引我盲目的影子在热爱的街道上漫游

1　兰多尔路（Landor Road），英国伦敦的一条街道。

2　安德烈 · 比利（Andre Billy，1882 年 12 月 13 日—1971 年 4 月 11 日），法国作家、文学评论家和记者，活跃于 20 世纪上半叶的巴黎文坛。

因为归去只属于印度士兵
投机商人卖掉了所有我创作的精美诗歌
但是穿着新衣服　我想我终于可以睡个好觉
在安静的鸟儿和猴子栖息的树下

模特为他脱下衣服
拍拍灰尘让他试穿
一个未付款的勋爵的衣服
打折卖给他　让他像一个百万富翁

　　　　长年累月
　　　　从橱窗往外望
　　　　受害的模特们
　　　　被锁在铁链之下

一年中穿插着寡妇的仪式
星期五漫长而血腥的葬礼
妻子拍打着死去的爱人
哭泣的天空拍打着一身黑白的人们

然后在一个落叶飘摇的秋季港口
人们的双手也被树叶覆盖
他在甲板上放下行李箱
　　　　随后坐下

大西洋的风呼啸着
在他的发间留下湿漉漉的长吻
一些移民向港口伸出疲惫的双手
另一些含着眼泪跪下来

他久久凝视着死一样寂静的海岸
只有渺小的船在海平线上颤抖
一个小小的花束漂向远方
终于被巨大的海浪吞下

他本想得到这束花以示荣耀
在另一片海域和海豚一起玩乐
　　　　在他的记忆中
　　　　一条无尽的织毯
　　　　编织着他的故事

　　但是为了像虱子一样淹死
这些不停质疑的顽固织工
　　他像一个总督一样
和一条失去丈夫的摩登美人鱼结婚了

鼓起勇气面对夜晚的大海吧
鲨鱼会凶狠地窥伺直到黎明
星星吞噬了太阳的尸体
只剩汹涌的涛声和振振的誓词

玫瑰小姐

我久久地站在台阶下
用手指送出飞吻
望着那位女士走进的房门
我跟随着她　在阿姆斯特丹
度过了美妙的两个小时

但是运河已经干枯
码头也荒无人烟
我的吻如何才能找到那个
我奉献出生命的人
那美妙的两个小时

我叫她玫瑰小姐
我想要记住
在荷兰她花朵般的嘴唇
然后我慢慢地走了
去寻找其他地方的玫瑰

秋天来信

我是等待秋天来信的仆从
我喜欢果实讨厌花朵
悔恨送出去的每一个吻
就像打落的核桃树苗在风中诉说忧伤

我永恒的秋天啊　治愈我心灵的季节啊
也许牵起过无数情人的手
但只有妻子的陪伴是我命中注定的身影
今夜　鸽子飞向它们最后的归宿

夜晚

一只鹰从被天使遮蔽的白色天空俯冲而下
　　而你支撑着我
你们会让所有这些灯颤抖多久呢
　　为我祈祷吧　为我祈祷吧

这座城市是金属的　唯一的星星
　　淹没在你蓝色的眼睛里
当有轨电车行驶时　一群病鸟之间
　　涌出淡淡的灯火

存在于我梦中的你眼里颤动的一切
　　一个男人把它全部饮下
在蘑菇一样的红色煤气灯下
　　你环抱着手臂

看　一个小丑伸出舌头哗众取宠
　　一个幽灵自杀
吊死在无花果树上　缓缓地流着口水
　　让我们把这爱焚毁

悠扬的钟声宣告你的出生

看

小路上开满了鲜花

棕榈树迎面向你走来

女士

咚咚咚他关上他的门
花园里的百合花枯萎了
这次带走的又是谁的死亡

你刚刚敲了他的门
　　快跑快跑
　　小老鼠快跑

订婚

致毕加索

春天放逐了违背誓言的未婚夫
摇晃蓝鸟筑巢的柏树
让蓝色的羽毛缓缓飘落

黎明时分圣母玛利亚摘下了玫瑰花
明天她会来采丁香
放在她命运的鸽巢里
今晚的鸽子大概是圣灵

在柠檬树林里我们相爱
用这份爱来爱最后到来的人
远处的村庄像他们的眼睑
柠檬就像他们被悬挂的心

我的朋友们终于承认了他们的蔑视
我喝下满杯的星星
一个天使在我睡觉时坠亡
羊圈里悲伤的牧羊人和羔羊
虚伪的百夫长带走了醋

被续随子[1]刺伤的乞丐们在跳舞
醒来的星星我一个都不认识
煤气灯在月光下喷出火焰
殡仪师端着啤酒杯敲响了丧钟
在蜡烛的光线下他们无力地倒下
倒在没粉刷好的裙子上
蒙着面的产妇庆祝她们的重生
今晚这座城市像一座群岛
女人们寻求着爱和甜蜜
和我记忆中的暗河
逝去的影子从不美丽

我甚至不为自己感到遗憾
也无法表达沉默对我的折磨
我要说的所有话都变成了星星
一个伊卡洛斯试图飞到我的眼睛里
我带着太阳在两团星云的中心燃烧
我对智慧的神兽做了什么
从前　死者会归来朝拜我
我希望世界终结

1　续随子是大戟科大戟属的二年生草本植物，全株无毛，侧根多而细呈柱状。原产于欧洲。

但我的末日却像飓风一样呼啸而来

我怀着勇气回头看
逝去的时光的尸体
他们标记着我的来路　我为他们流泪
有些腐烂在意大利教堂里
或是和柠檬树林一起
在每个季节里
开花结果
另一些日子　酒馆里　他们哭泣着死去
那里有一个写诗的混血女人
她的眼中燃烧着火红的花束
悸动的玫瑰依然盛开在
我记忆的花园里

请原谅我的无知
请原谅我不知道韵律的古老游戏
我什么都不知道了　我只爱
花朵　在我眼里又化作了火焰
我神圣地冥想
我对那些不是我创造的生命微笑
但如果他们在阴影终于坚固的时候到来
把我的爱变得多种多样

我会欣赏这伟大的作品

我在星期天休息
我赞美懒惰
如何减少
我的感官强加给我的
这些幽微的认知
它像山脉一样　像天空一样
像城市一样　像我的爱一样
它就像四季
带着无头的身体生活　它的头是太阳
而月亮是它被割断的脖子
我想感受无限的热情
我听见你的咆哮和哭泣　我听觉的怪物
雷霆是你的头发
你的爪子重复着鸟儿的歌声
可怕地穿透了我　让我中毒
我的眼睛从我身边游走
未被触及的星辰是我的主人
烟雾中的野兽长着花朵一样的头
而最美丽的怪物
散发着月桂树的忧伤味道

最终谎言不再使我感到恐惧
它是像煎蛋一样的月亮
这条由水滴组成的项链将为溺水的人装点
这是我的西番莲花束
它温柔地献上两顶荆棘的冠冕
街道被往日的雨水打湿
勤奋的天使在家里为我工作
月亮和悲伤将消失在
神圣的日子里
在神圣的日子里　我边走边唱
一个靠在窗边的女人凝视着我
我唱着歌离去

在街角我看到一些水手
他们随着手风琴赤身裸体地跳舞
我把一切献给了太阳
除了我的影子

挖泥机包裹半死不活的美人鱼
帆船沉没在雾蒙蒙的地平线
在风中过期的海葵花冠
圣母啊　三月的纯洁标志

闪闪发光的圣殿骑士　我在你们中间燃烧
伟大的主人啊　让我们一起预言吧　我是
为你献身的理想之火
旋转的烟火　美丽哦　美丽的夜晚

自由的火焰解开了束缚
我的呼吸将熄灭　哦　四十岁的死亡
我把我的死亡瞄准了光荣和不幸
仿佛我瞄准靶子上的鸟儿

在跌倒时不确定地画下鸟儿
太阳和爱在村庄里跳舞
你那英勇的孩子们　无论穿得好坏
都建造了这个柴堆　我勇气的巢穴

月光

甜蜜的月亮被衔在疯子的嘴唇上
今夜的果园和村庄是贪婪的
星星完美地伪装成蜜蜂
从葡萄架上滴下发光的蜂蜜
甜蜜从天而降
每一束月光都是一串蜂蜜
但我明白隐藏在甜蜜里的危险
蜜蜂会把我蜇痛
它把惑人的月光放在我的手中
又从风的玫瑰里取回它的花蜜

1909

这位女士穿着一袭
紫红色的奥斯曼连衣裙
她镶金边的上衣
由两块面料组成
系在肩膀上

眼睛像天使一样跳舞
她笑着　她笑着
她有一张法国色彩的脸
蓝眼睛　白牙齿和鲜红的嘴唇
她有一张法国色彩的脸

她的领口是圆的
头发梳成雷卡米耶[1]风格
手臂光裸而美丽

1　让娜·弗朗索瓦丝·朱莉·阿德莱德·雷卡米耶（Jeanne-Françoise Julie Adélaïde Récamier，1777 年 12 月 3 日—1849 年 5 月 11 日），法国社交名媛，是当时欧洲新古典主义的大美人公众形象。

我们是否永远不会听到午夜的铃声

穿着紫红色奥斯曼长裙的女士
和她的金边圆领上装
金色头带
挽起她的卷发
拖着她的小扣子鞋

她是如此美丽
以至于你不敢爱她

我喜欢那些杂乱街区的凶恶女人
在那里每天都有新的生命诞生
铁是她们的血液　火焰是她们的大脑
我爱　我爱那些熟练操作机械的人
奢华和美丽只是泡沫
这个女人是如此美丽
以至于我感到害怕

干杯

一

在进入我的牢房之前
我需要脱光衣服
这是怎样凄厉的呼号
纪尧姆你变成了什么样

像拉扎尔一样走进坟墓
而不是像他那样走出来
永别了　永别了　欢快的圆舞曲
我的年华啊　年轻的女孩啊

二

不　我已经感觉不到
　　我自己
我是 11 月的
　　第 15 天

阳光透过

　　窗户
照耀着我的诗句
　　小丑

在我的纸上跳舞
　　我听见
有人跺着
　　拱顶

三

像一头陷在坑洞里的熊
每天早上我都会来回走动
转来转去　转来转去
天空蓝得像一条链子
而我像一头陷在坑洞里的熊
每天早上我都会来回走动

隔壁的牢房里
有一口泉眼涌动
钥匙发出叮当声
狱卒离开后又回来
隔壁的牢房里

有一口泉眼涌动

四

在这些惨白的墙壁之间
　　我失去了所有指望
在纸上踱步的苍蝇
　　穿过我高低不平的诗行

知道我所有痛苦的神啊
　　你将赐予我何种面目
若你怜悯我无泪的眼睛　我苍白的脸色
　　和那把被锁住的椅子的声音

和这些在监狱里跳动着的可怜心脏
　　伴随着我的爱
若你怜悯我软弱的理性
　　以及随之而来的绝望

五

时间过得多么缓慢
像一个葬礼

你将在应该哭泣的时候哭泣
这会很快过去
就像时间一样快

六

我听着城市的声音
困在没有地平线的牢房里
我只看得见一个敌对的天空
和光秃秃的墙壁

又一天过去了
牢房里亮起一盏灯
我们独自待在各自的牢狱里
多么美丽的光线啊　亲爱的神智

生病的秋天

患病而又讨人喜爱的秋天
当飓风呼啸过玫瑰园　你就会死去
大雪会掩埋
整个果园

可怜的秋天
死在白色的丰收里
在雪和熟烂的果实之间
在天空深处
游隼翱翔的地方
在不知爱滋味的
绿发小精灵头上

在遥远的地平线
鹿在哀叫

是我喜欢的季节啊　我喜欢你的喧嚣
果实自行掉落
风和森林在秋天哭泣
　　落叶

一片一片掉下

人们从上面走过

火车

滚动

生命

流逝

酒店

房间是寂寞的
每人一间
新的房客住进来
按月付款

老板总担心
我们是否会按时给钱
而我成天在街上闲逛
像一个陀螺

老旧的马车发出噪声
我丑陋的邻居
吸食着
刺鼻的英国烟草

哦拉瓦利埃尔啊
一瘸一拐地
嘲笑着
我在床头的祈祷

住在这家酒店的
所有人
我们使用同一种语言
像在巴别塔一样

让我们关上房门
反锁两遍
每个人都会带着
他唯一的爱

狩猎的号角

我们的故事是高贵而悲壮的
像一个暴君的面具
没有偶然或神奇的戏剧
没有无关紧要的细节
使我们的爱变得凄怆

托马斯 · 德 · 昆西[1]品着鸦片
这甜蜜而贞洁的毒药
同情他的安妮会幻想着
过去吧过去吧　一切都会过去

而我会经常回望
记忆是狩猎的号角
它的声音在风中消逝

1　托马斯 · 德 · 昆西（Thomas De Quincey, 1785 年 8 月 15 日—1859 年 12 月 8 日），英国著名散文家和批评家，被誉为“少有的英语文体大师”，有生之年大部分时间被病魔纠缠，几乎无时不同踌躇、忧郁和吸毒的恐惧做斗争。代表作《一个吸食鸦片者的自白》。

葡月[1]

未来的人　请记住我
我生活在国王结束的时代
他们沉默又悲伤地相继死去
成为三重伟大的赫尔墨斯[2]

九月底的巴黎是多么美丽
每个夜晚都变成一个葡萄园
葡萄藤把光辉播洒在城市上空
熟透的星星被醉醺醺的鸟儿啄食
等待着黎明的收获

有天傍晚　我经过一个荒芜黑暗的码头
在我返回奥特伊的路上　我听到一个声音
庄严地唱着歌　偶尔停下
好让其他清澈而遥远的哀叹

1　葡月，法兰西共和历的第一月，相当于公历 9 月 21、22 或 23 日至 10 月 22 或 23 日。

2　赫尔墨斯被人们尊称为“三重伟大的赫尔墨斯”，因为他是最伟大的哲学家、最伟大的祭司以及最伟大的君王。他拥有炼金术、占星学与神秘学的至高智慧。

传到塞纳河边

我听了很久这些歌声和哭声
巴黎的声音在夜里响起

我渴求法国　欧洲和世界上的城市
都流淌进我喉咙的深处

我已经看见巴黎醉倒在葡萄园
收获着地球上最甜美的葡萄
那些神奇的果实在藤蔓上歌唱

雷恩回答坎佩尔和瓦讷
巴黎啊　我们在这里　我们的房子　我们的居民
太阳孕育了我们感官的果实
牺牲自己来满足你贪婪的渴求
我们为你带来所有的大脑　墓地和城墙
这些充满哭声的摇篮　你不会听到的
从上游到下游　思想的河流啊
学校的耳朵和我们紧握的手
我们伸长的手指敲响教堂的钟声
我们还为你带来了这个柔软的理由
让神秘像一扇门一样关上房子

这神秘　谦恭有礼
这神秘　致命到毁灭另外的生命
超越美丽的双重理由
希腊和东方都不曾知晓
布列塔尼[1]的双重理由
海洋追赶着古老的陆地

北方的城市欢快地回答说

哦　巴黎　我们在这里　鲜活的饮料
喋喋不休唱着歌的阳刚之城
我们神圣的工厂生产神圣的钢铁
我们的露天烟囱吞噬着云朵
正如伊克西翁[2]的齿轮那样
和我们无数的手

1　布列塔尼（Bretagne）是法国的一个大区，位于法国西北部的布列塔尼半岛、英吉利海峡和比斯开湾之间。首府是雷恩。

2　伊克西翁（Ixion）原是特萨利的国王。他听说邻邦有一位公主，生得十分美丽，就要求国王狄奥尼斯将女儿嫁给他。狄奥尼斯迫于他的强大，不敢不答应。于是，他便向伊克西翁索要一大笔聘金。伊克西翁口头上答应给聘礼，并假意邀请狄奥尼斯参加一个宴会。然后他设计将狄奥尼斯推入火坑烧死。伊克西翁的罪行激怒了全国所有的人，他走投无路，逃到了宙斯那里，宙斯宽恕了他，让他进入天堂。不料他在天堂竭力追求宙斯的妻子——天后赫拉。宙斯愤怒至极，罚他下地狱，缚在一个永远燃烧和转动的轮子上。

工厂　工厂　工厂　手
赤贫的工人像我们的手指
在每个小时里生产真实
我们把这些都给你

里昂回答说　富维耶山[1]的天使们
用祈祷的丝线编织了一片新的天空

巴黎　我们用神圣的话语满足你
我的嘴唇　罗纳河和索恩河窃窃私语
终日重复着对他的轮回崇拜
在这里分割圣徒　血雨纷飞
快乐的雨　哦　温暖的水滴　哦　疼痛
一个孩子看着窗户打开
一簇簇的葡萄头颅为喝醉的鸟儿献身

南方城市的回答是

高贵的巴黎　你存在的唯一理由
就是根据你的命运来设定我们的心情
而你退出了地中海

1　富维耶山（Fourvière），位于法国里昂。

分享我们的身体　就像折断圣饼
这些高尚的爱和他们孤独的舞蹈
巴黎啊　他们将成为你钟爱的醇酒

还有来自西西里岛的无穷无尽的呻吟
用翅膀的扇动表达她的言辞

我们已经收割完了葡萄园里的葡萄
这些死去的长粒葡萄
有大地的血和盐的味道
苍穹之下的巴黎啊　它们为你解渴
被饥饿的云层所遮蔽
被倾斜的创造者伊克西翁所爱抚
在大海上诞生非洲所有的乌鸦
哦　葡萄　家家户户里呆滞的眼睛
藤蔓的未来和生命无聊又沉闷

可是　美人鱼明亮的目光在哪里
他欺骗了喜欢这些鸟儿的水手
他再也不会绕过锡拉岩礁的礁石
那里曾经传来三个甜蜜而宁静的声音

海峡突然改变了面孔

肉体　波浪　可以想象的
一切面孔
你只是一张伪装的面具

他　年轻的泅者　微笑着穿越海峡
溺水的人漂浮在他新翻的海浪上
身后追随着悲切的歌者

他们告别了深渊和礁石
和躺在露台上苍白的妻子
向着燃烧的太阳飞去
沉没进星辰的波澜之中

在夜晚到处都是不眠的眼睛
徘徊在这个九头蛇嘶嘶作响的地方
忽然间我听到了你急切的声音
哦　罗马
不容置疑地咒骂着我的旧思想
以及用爱引导命运的天空

十字架树重新长出枝条
在梵蒂冈死去的百合花也重新开放
我送给你的酒

来自一个懂得植物的自由的人
酒中浸泡着纯净血液的味道
你不知道那是至高的美德

三重王冠的花冠落在石板上
酋长们将花冠踩在凉鞋下
哦　民主的光辉消失了
来吧　皇家的夜晚　野兽将被杀死
母狼与羔羊　鹰与鸽子
一群残忍和敌对的国王
像你一样在永恒的葡萄园里渴求着
从大地长出　飞向天空
为了品尝我用两千年酿造的醇酒

摩泽尔河和莱茵河在沉默中汇合
这得益于欧洲在科布伦茨夜以继日的祈祷
而我　曾经在奥特伊的码头上徘徊
当时间像葡萄藤的叶子一样落下
我听到了祷告声
与河流的清澈融为一体

哦　巴黎　你的酒胜过北边海岸
但在北方的葡萄园里

所有的葡萄都为这无尽的渴望而成熟
一串串强壮的葡萄在压榨车间流血不止
你将长饮欧洲的血液
因为你是美丽的　唯独你是高贵的
只有在你体内上帝才能显现
这些美丽的房子里所有的葡萄园工人
他们燃烧的火光映照着夜晚里的两条河流
在这些黑白分明的房子里
歌颂着你的灰暗和荣耀
但我们拉起流动的手来祈祷
我们向着盐前进　向着冒险的水前进
我们的城市就像一把剪刀
在两条河流的火焰里沉睡着
只有远处传来的几声呼啸
扰乱科布伦茨[1]的女儿们的睡眠

数百个城市开始说话
我不再能分辨出他们遥远的话语

1　科布伦茨（Coblence），德国西部城市，位于摩泽尔河与莱茵河交汇处，历史上曾被法国统治。

而特里尔[1]这座古老的城市
将她的声音与其他的都混在一起
整个宇宙都浓缩在这酒中
包括海洋　动物　植物
城市　命运和唱歌的星星
人们跪在天空的彼岸
温顺的铁是我们的好伙伴
我们必须像爱自己一样去爱火焰
所有骄傲的死者在我额头下
汇聚成像新生的思想一样炫目的闪电
六个一组的名字　一个一个的数字
数公斤的纸像火焰一样扭曲着
还有那些将使我们的骨头变白的人
耐心等待着的不朽的诗歌
列队准备战斗的军队
插满十字架的森林和我的湖边住所
在我深爱的人的眼角
从嘴巴中喊叫出的花朵
还有我不能说的一切
以及我永远不会知道的一切

1　特里尔，又译堤雅（Trèves），德国最古老的城市，位于莱茵兰－普法尔茨州西南部，摩泽尔河岸，靠近卢森堡边境。

所有这一切都变成了这纯净的酒
巴黎渴望的醇酒

美丽的行动　美好的日子　糟糕的睡眠
植被　交配　永恒的音乐
运动　崇拜　神圣的痛苦
那些你我大同小异的世界
我全部饮下　虽没有缓解我的饥渴

但从那时起　我开始领悟宇宙的味道

我醉了　我饮下了整个宇宙
在码头看着小船在粼粼的波光里睡去

请听我说　我是巴黎的喉咙
如果我愿意　我还会继续灌下整个宇宙

请聆听这一曲狂饮之歌

九月的夜晚慢慢结束
塞纳河桥上的红色灯光渐渐熄灭
星星在消亡　这一天刚刚开始

图画诗集

Calligrammes, 1918

阿波利奈尔出版于 1918 年的《图画诗集》收录了他极具特色的图画诗，也收录了他正常分行写作的诗，本章节各精选了 11 首和 45 首。关于图画诗的呈现，我们邀请译者曾璇、设计师魏魏对中文译稿进行了图像还原，同时我们也会附上法文原版，以更好地呈现阿波利奈尔图画诗的特点。（编注）

认识你自己
这个可爱的女人就是你
藏在大大的帽檐下
眼
鼻
嘴巴
这是鹅蛋形的脸
你美味的脖子
这就是你钟爱的半身像的不完美复刻就像穿过一片云朵
这里再低一点就是你跳动的心脏

给璐的诗

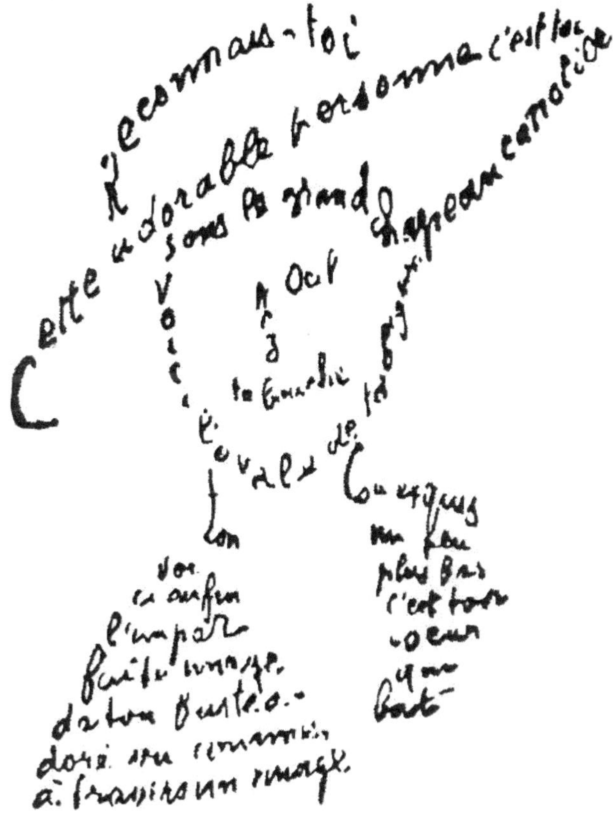
Reconnais-toi
Cette adorable personne c'est toi
sous le grand chapeau canotier
Oeil
Nez
la bouche
Voici l'ovale de ta figure
ton cou exquis
Et voici enfin l'imparfaite image de ton buste adoré vu comme à travers un nuage
un peu plus bas c'est ton coeur qui bat

风景

这里就是那个你和神一起出生的房间吗？

和你躺在一起
在你的身上
我的四肢
大大地张开

这是
一棵将要
开始负载果实
的树
就
像
你

一根点燃的雪茄冒着烟

Paysage

V
OI
LA
CI MAISON
Où NAISSENT
LES É
TOI LES
ET LES DIVINITÉS

CET
ARBRISSEAU
QUI SE PRÉPARE
A FRUCTIFIER
TE
RES
SEM
BLE

UN CIGARE allumé qui fume

a
COUCHÉS
MANTS
ENSEMBLE
VOUS
VOUS
SÉ
PA
RE
REZ
MBS
MEM
BRES

领带和怀表

哦文明人啊

摘
下你
戴着
的痛苦
领带吧
如果你
想自由地
呼吸

你看人们玩得
多么开心
此时此刻

闪亮又
沉重的
但丁式诗句

我的心

生命的美丽超越了死亡的奢华

美丽的
陌生人

终于到了五点

一切都将结束

眼睛

站在你身体大门
前的缪斯

孩子

被哲学疯子
重新定义的
无限

阿格拉

周末

手

蒂尔西斯
蝴蝶

La Cravate et la Montre

LA CRAVATE
DOU
LOU
REUSE
QUE TU
PORTES
ET QUI T'
ORNE O CI
VILISÉ
OTE- TU VEUX
LA BIEN
SI RESPI
RER

COMME L'ON
S'AMUSE
BI
EN

les
heures

la
beau
té
de
la
vie
pas
se
la
dou
leur
de
mou
rir

Mon
cœur

les
yeux

l'enfant

Agla

la main

Tircis

semaine

l'infini
redressé
par un fou
de philosophe

les Muses
aux portes de
ton corps

le bel
inconnu

et le
vers
dantesque
luisant et
cadavérique

Il
est
—
5
en
fin

Et
tout
se
ra
fi
ni

曼陀林 康乃馨和竹子

噢 战争啊

大地震颤如一把曼陀林

像子弹穿透身体 理性的声音 穿透真相

应是你的名字 女人

愿这康乃馨向你诉说

气味的 法则

它尚未被 颁布

但终 有一日

将 降临

统治 我们的大脑

比起指引我们的声音

更

精

确

& 更微妙

我偏爱你的

鼻

子

胜

过你其他所有器官

噢 我的爱人

它是

未来

智慧

的

宝座

烟斗之鼻 灰烬的气味

被打碎的宇宙

炉灶里锻造着枷锁

建构起新秩序的理性

La Mandoline l'Œillet et le Bambou

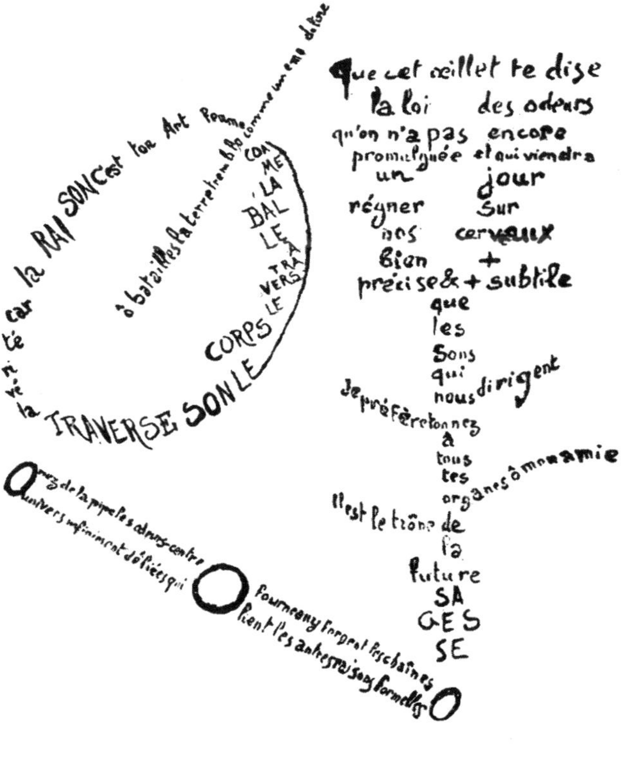

温柔的身影被刺穿双唇像花朵般绽放

米娅 ·玛蕾耶

耶特 洛莉

安妮 还有你 玛丽

女孩 们

你们 如今

在 哪里

啜

泣和祷

告的喷泉旁

白鸽却沉醉在欢喜里

往昔所有的回忆

?

雷纳尔比利·达利兹现在何处

他们的名字被忧伤浸透

沉重得像教堂里的脚步

参军的克雷姆尼茨呢

他或许早已战死沙场

我的灵魂背负着无尽的回忆

喷泉为我的悲伤哭泣

哦我奔赴战场的朋友们

都拥向了苍穹

你们的目光投入沉静的水中

忧郁地消逝

他们现在在哪里 布莱克 马克斯·雅各布

德朗 我还记得他那双灰如晨曦的眼睛

那些奔赴前线的人 此刻还在北方鏖战

暮色降临在血色的汪洋

战地之花夹竹桃 正淌下汩汩的鲜血

被刺伤的鸽子与喷泉

La Colombe Poignardée et le Jet d'Eau

Douces figures poignardées Chères lèvres fleuries
MIA MAREYE
YETTE LORIE
ANNIE et toi MARIE
où êtes-
vous ô
jeunes filles
MAIS
près d'un
jet d'eau qui
pleure et qui prie
cette colombe s'extasie

Tous les souvenirs de naguère
O mes amis partis en guerre
Jaillissent vers le firmament
Et vos regards en l'eau dormant
Meurent mélancoliquement
Où sont-ils Braque et Max Jacob
Derain aux yeux gris comme l'aube
Où sont Raynal Billy Dalize
Dont les noms se mélancolisent
Comme des pas dans une église
Où est Cremnitz qui s'engagea
Peut-être sont-ils morts déjà
De souvenirs mon âme est pleine
Le jet d'eau pleure sur ma peine

CEUX QUI SONT PARTIS A LA GUERRE AU NORD SE BATTENT MAINTENANT
Le soir tombe O sanglante mer
Jardins où saigne abondamment le laurier rose fleur guerrière

1915

士兵
由陶瓷
红宝石
和爱情
构成

1915

SoldAts
de FAïENCE
Et d'ESCA-
RBoucL
E
ô AMOUR

南方的人们
南方的人
们 你们难
道没有看
过蝉吗

你们不会
挖掘也不
会 照 亮
自 己 也
无 法 看
清 你 们
究竟缺
少了什么才无法
像蝉
一
样
看
得
清

但
你
们
还
知
道
如 何
像 蝉
一 样
喝 水
哦 南
方 的 人
们 太 阳
的 子 民
你们本该
像 蝉 一 样
会挖掘 会
看见 至少
像 蝉 那 样
啊 你们知道
如何饮水 却
不 会 像 蝉 那
样有效地排泄

当你们学会
挖掘

像
蝉 一
样 挖 掘
观 察 饮
水 排 泄
吧

以
便
走
向
太
阳
时
就
是
最
光
辉
的
日
子

南 方 的 人 们 你 们
必 须 挖 掘 观 察 饮
水 排 泄
才 能 像
蝉那样
歌 唱

那太阳之下
令人喜悦的
和平之歌

像 蝉 一 样

Aussi Bien que les Cigales

gens du midi   ne savez pas   M
gens du mi   creuser que   ais
di vous n'   vous ne sa   vous
avez donc   vez pas vous   savez
pas regar   éclairer ni   encore
dé les ciga   voir Que vous   boire com   le jour
les que vous   manque-t-il   me les ci   de gloire
donc pour   gales ô   se
voir aus   gens du mi   *c*   ra
si bien   di gens du   *reusez*   ce
que les   soleil gens qui   *voyez bu*   lui
ciga   devriez savoir   *vez pissez*   où
les   creuser et voir   *comme*   vous
aussi bien pour le   *les ciga*   sau
moins aussi bien   *les*   rez
que les cigales   creu
Eh quoi ! vous savez   *gens du Midi il faut*   ser
boire et ne savez   *creuser voir boire*   pour
plus pisser utile   *pisser aussi bien que*   bien
ment comme les   *les cigales*   sor
cigales   LA JOIE   *pour chan*   tir
ADORABLE   *ter com*   au
DE LA PAIX   *me elles*   so
SOLAIRE   leil

心 皇冠和镜子

纪尧姆
阿波利奈尔

我的心像一簇颠倒的火焰

那些
死去的国王
一个接一个
在诗人的心中重生

我被囚禁在这面镜子里像人们幻想中的天使而非镜中幻影

Coeur Couronne et Miroir

M O N C Œ U R P A R E I L à U N E F L A M M E R E N V E R S É E

Q
L R U M R
ES OIS I EU ENT
TOUR A TOUR
RENAISSENT AU CŒUR DES POETES

DANS CE MI ROIR JE SUIS EN CLOS VI VANT ET VRAI COM ME ON I MA GI NE LES AN GES ET NON COM ME SONT LES RE FLETS

Guillaume
Apollinaire

布 朗 宁 手 枪
的 美 丽 烟 圈
啊
活 着
的滋味

太 阳 下 冰 川
中 的 彩 色 湖 泊

风味的扇子

一 只
小 鸟
没有尾
巴 但
当 有 人
给它安上
一条尾巴时
它 飞 走 了

我的地毯香气四溢
季风带来模糊的声音
你 的 嘴 唇 呼 吸 着
天 空

听听 那叫声 脚步声 留声机的声音
听 听芦荟炸开
还 有 那 悄 悄 的 笛 音

Éventail des Saveurs

Attols singuliers .
de brownings quel
goût
de viv
re Ah!

Des lacs versicolores
Dans les glaciers solaires

1 tout
petit
oiseau
qui n'a pas
de queue et
qui s'envole
quand on
lui en met
u ne

Mes tapis de la saveur moussons des sons obscurs
et ta bouche au souffle
azur

ouïs ouïs le cri les pas le pho
NOGRAPHE ouïs ouïs L'ALOÈS
éclater et le petit mirliton

向

这

个

世 界

致 意 我

是 那 能 言

善 辩 的 舌 头

而 巴 黎

哦 她 的 嘴

将 永 远 唾

弃 德 国 人

埃 菲 尔 铁 塔

S
A
LUT
M'
O N
D E
DONT
JE SUIS
LA LAN
GUE É
LOQUEN
TE QUESA
B O U C H E
O PARIS
TIRE ET TIRERA
T O U JOURS
AUX A L
LEM ANDS

雨

听
那束缚着你的锁链正在坠落
而遗憾与轻蔑像一首古老的歌谣

听
雨下得正欢
昂首的云开始在整个世界的耳边嘶鸣

哦
小雨滴啊
我生命中那些奇妙邂逅也随你们飘落

雨中飘落着女人的声音
仿佛她们已死去
即便记忆也都消散

Il Pleut

Il pleut des voix de femmes comme si elles étaient mortes même dans le souvenir

c'est vous aussi qu'il pleut merveilleuses rencontres de ma vie ô gouttelettes

et ces nuages cabrés se prennent à hennir tout un univers de villes auriculaires

écoute s'il pleut tandis que le regret et le dédain pleurent une ancienne musique

écoute tomber les liens qui te retiennent en haut et en bas

锁链

尖叫化作锁链

钟声响彻欧洲
盘旋几个世纪

铁轨捆绑住国家
只剩我们这三两个
没有被连接的人
让我们拉起手来

暴雨梳洗着烟雾
锁链
手织的绳索
海底的电缆
巴别塔也变成了桥
蜘蛛似的教皇
被羁绊绑在一起的恋人们

还有那些更不易察觉的锁链
是白色的光线

和谐地交融

我的诗只为了赞颂你
感觉　珍惜感觉吧
记忆的敌人
欲望的敌人

悔恨的敌人
眼泪的敌人
所有我爱着的敌人

窗

从红色到绿色　黄色死去
亚拉鹦鹉[1]在故乡的森林里歌唱
比翼鸟的残骸
那儿有一首未完成的诗
写着只有一边翅膀的鸟
我们将用电话告诉你
巨大的心灵创伤
让你的眼睛失去了光泽
看那个站在都灵女人中间的漂亮女孩
还有那个贫穷的年轻人用他的白色领带擦鼻涕
你卷起窗帘
打开窗户
蜘蛛爬过编织阳光的手掌
我们会在午夜开始狂欢
当我们有时间和自由时
在落日沙滩上布满了螺丝　鳕鱼和海胆
一双黄色的旧靴子放在窗前

1　亚拉鹦鹉（Ara）是鹦鹉亚科中一些最大的鸟类的俗名，这些鹦鹉的羽毛颜色鲜艳，通常以红色或绿色为主，尾巴长，喙有力，生活在热带美洲。

塔

塔是街道

井

井是广场

树洞荫蔽着流浪的穆拉托人[1]

夏宾人[2]唱着悲伤的歌

唱给逃亡的女人

鹅朝北方引吭大叫

猎人刮下浣熊的毛皮

钻石闪闪发光

温哥华

载着雪的火车和闪烁的灯驶过冬天的夜

哦　巴黎

从红色到绿色　黄色死去

巴黎　温哥华　耶尔　纽约　安的列斯

窗户像橙子一样打开

这是光的美丽果实

1　穆拉托人（Mulatto），血统分类上的习惯名称，指黑人和白人的混血，主要分布在北美洲和南美洲，欧洲前殖民国家境内及欧洲海外省、海外领地亦有分布。

2　夏宾人（Chabins），一般指在法属西印度群岛具有浅色皮肤但具有非洲特征的人。在法语中，“chabin”是一个过时的词，用于指代非洲和欧洲父母所生的混血孩子，这个词通常带有贬义和种族歧视色彩，因此今天已不再常用。

关于预言

我认识一些女占卜师
萨尔马约尔夫人在大洋洲学会用纸牌占卜
在那里她有机会参加了
一场有趣的食人族演出
她没有向任何人谈及此事
有关未来的事　她从不会弄错

来自塞雷[1]的占卜师玛格丽特　或者叫其他名字
她也擅长此道
但德鲁伊夫人是最有灵性
也最准确的
她告诉我的关于过去的一切都是正确的
而她预测的一切都在她指定的时间里应验了
我认识一位玄学家　但我不想让他审讯我的影子
我还认识一位勘测地下水源的人　挪威画家迪里克斯

摔碎的镜子　撒下的盐或掉落的面包

1　塞雷（Céret），法国南部的一个市镇，位于东比利牛斯省。

愿这些无形的神灵永远宽恕我
虽然我不相信　但我看　我听　并记录
我还很会看手相
因为尽管我不信　但我愿意观察　和倾听

每个人都是先知　我亲爱的安德烈·比利
但人们已经被误导了太久
导致他们认为自己没有未来　永远无知
并且生来愚蠢
人们已经接受了这些
甚至不敢再去追问未来
这一切都没有宗教精神
无论是迷信还是预言
还是所谓的神秘主义
都应该去观察自然
解释自然
这才是合理的

云中的幻影

那是 7 月 14 日的前一天
大约在下午四点钟
我到街上去看街头表演

这些街头艺人
在巴黎越来越少见
我年轻时能看到的比如今多得多
现在这些人几乎都去了外省

我走在圣日耳曼林荫大道上
在圣日耳曼德佩区和丹敦雕像之间的一个小广场
看见了杂耍艺人

人群安静地围着他们　耐心地等待着
我挤进圈子找了个可以观看的位子
多么重的杠铃啊
这个来自龙韦的俄罗斯工人伸直胳膊
举起近乎比利时城市的重量
中空的黑色哑铃　杠杆像一条冰冻的河流
像用手指卷起一根比生活还苦涩的香烟

地上堆满了肮脏的地毯
皱皱巴巴永远也无法熨平
几乎已经是泥浆色
只有一些黄黄绿绿的斑点仍然存在
就像一段留在耳朵里的顽固曲调

你看到那个干瘦又野蛮的人了吗
他祖先的灰烬从他斑白的胡须中长出来
把所有的遗产都刻在了脸上
他似乎在梦想着未来
机械地转动着一个巴巴里风琴
它舒缓的声音美妙地哀叹着
咕咕嘎嘎又沉闷地呻吟

艺人们一动不动
最年长的老人穿着一件衬衫
是濒死的少女脸上的玫瑰色
这种颜色常常躲藏在她们嘴巴周围的褶皱中
或在鼻子附近
这是一种十分阴险的粉紫色

因此这个男人就像是

把他肺部的阴影背在了背上

拥挤的观众手臂贴着手臂
第二个艺人上场
只穿着一件影子
我看了他很久
他的脸我完全没有印象
他是一个没有头的人

第三个看起来像混混
一个还不赖的恶棍
穿着灯笼裤　夹子固定住袜子
看起来活像个皮条客

音乐停下了　现在开始讨价还价
观众们一苏[1]一苏地扔到地毯上
一共两个半法郎
而不是最开始老人要求的三法郎

1　苏是法国大革命前的货币单位，是辅币，当时本位币单位是里弗（Livre），按1726年时的规定，1路易（Louis d'or）合24里弗，1埃居（écu）合6里弗，1里弗合20苏（sou）。

当不再有人愿意给钱的时候
他们开始演出
从风琴下走出来一个瘦小的艺人
衣服也是那种肺部的粉色
手腕和脚踝都裹着毛皮
他短促地喊了一声
开始向人们挥手致意

屈起一条腿
往四个方向行礼
当他踩着球表演时
他纤细的身体就像一支精致的乐曲
没有观众不为之惊叹
像一个非人的精灵
人体的音乐
使风琴演奏的乐曲都黯然失色

一个无比优美的侧手翻之后
风琴也停止了演奏
弹琴的老人把脸埋进手里
手指像从胡子冒出来的小人
仿佛是远古的孩子
印第安人的呼喊

神树的音乐
最终了无踪迹

艺人们举起沉重的杠铃
他们玩弄着把戏

但每个观众都在寻找那个奇迹般的孩子
幻影哦　云中的幻影

穿越欧洲

致 M.Ch.[1]

你脸颊绯红　从双翼机[2]到滑行艇
圆形的房子里游着一条烟熏鲱鱼
用一把钥匙打开我的眼睛
幸运的是　我们看到了帕纳多先生
这方面是令人安心的
M.D.[3]你看到了什么……
90 或 324　一个空中的人　小牛在母亲的肚子里张望

我在道路上寻找了很久
路边有那么多闭着的眼睛
风吹得柳树哭泣
打开　打开　打开　打开
看　你看
老人在盆子里洗脚

1　马克·夏加尔（Marc Chagall），法国画家。

2　老式飞机，这里是指夏加尔的艺术连接旧时代和新时代。

3　M.D. 可能是指莫里斯·丹尼斯（Maurice Denis，1870 年 11 月 25 日—1943 年 11 月 13 日），法国画家、装饰艺术家和作家。

Una volta ho inteso dire Chè vuoi

（我曾经听说过你想要什么）

想到你们的童年　我开始哭了

而你给我看一种可怖的紫色

画上画着的汽车让我想起了那一天

由紫色黄色蓝色绿色和红色碎片拼成的那天

现在一切都没了　你也失去了你的小芦笛

我去了乡下　有温暖的壁炉　还带着我的狗

我在壁炉边抽着俄罗斯香烟

狗对着丁香花吠叫

灯已燃尽

裙子上落满了花瓣

凉鞋两边的环

在阳光下闪闪发光

而你的头发是电车

载着绚烂的灯光穿越欧洲

在尼姆

致埃米尔 · 纪尧姆 · 莱昂纳德[1]

在最美丽的天空下　我加入了军队
以胜利为名的尼斯海军

900 个尼姆军队的无名车夫
我是其中一个

爱让我留在这里　但不远处的炮弹
持续不断地轰鸣

我等待着春天的命令
让我们向光荣的北方进发

三个仆人坐着　摇着头
他们的眼睛像我的马刺一样明亮

一个晴朗的下午　我在马厩里值守
我听到了炮兵的号角声

1　埃米尔 · 纪尧姆 · 莱昂纳德（Émile-Guillaume Léonard，1891 年 7 月 20 日—1961 年 12 月 11 日），法国历史学家。

我赞赏这个小分队的喜悦
他们将加入我们在前线的军队

一个士兵吃着沙拉
谈论起他生病的妻子

四个瞄准手正在安置水准仪
它们像马的眼睛一样游移

杰出的歌手吉罗特会在 9 点后为我们唱歌
伟大的歌剧　你也会为之流泪

我抚摸着灰色的大炮
灰色像是塞纳河水　让我想到巴黎

而一个脸色苍白的伤员在食堂跟我说
夜晚的炮弹有银色的光辉

我慢慢咀嚼我的那份牛肉配给
在傍晚 5 点到 9 点之间独自散步

我牵着我的马　我们在乡间行军
从远方向你致敬　美丽的玫瑰　哦　马涅塔[1]

1　马涅塔（Tour Magne）是位于法国尼姆（Nîmes）的一座古罗马时期的塔。这座塔是尼姆城市的标志性建筑之一，也是该城市古罗马遗址的重要组成部分。

守夜

我亲爱的安德烈 · 鲁维尔[1]
蘑菇烟头和木耳[2]
我们不知何时会离开
也不知何时会回来

三月带着五彩缤纷的希望来临
我已经向法国水星出版社
寄出了我那些
写在方格纸上的稿子

现在我在这里守夜　大路上传来炮兵队行军的声音
一件灰色大外套像夜色一样包裹着我　一直到耳朵

天空
划过
悲伤的
轨迹
月亮
带着
苍白的微笑

看我写诗

1　安德烈 · 鲁维尔（André Rouveyre，1879 年 1 月 22 日—1962 年 1 月 15 日），法国作家、记者、肖像画家、讽刺画家。

2　作者用几个无意义的词在这里耍了个俏皮，押了个韵。

影子

又一次你出现在我身边
在战火里死去的我的同伴
时间的橄榄
只留下统一的记忆
就像一百件毛皮织成一件大衣
一千个伤口写成一篇报纸新闻
你失去了形状和颜色
变成了我的影子
一个永远在炮架旁的印第安人
你的影子匍匐在我身边
但你再也听不到我
你再也听不到我唱的圣歌
而我还能听到你　我还能看到你
仿佛命中注定
那么多的影子　愿太阳保佑你们
你们是如此爱我　从不离我而去
你们是在阳光下跳舞而不溅起灰尘的人
我用太阳的影子做墨水
在活人的光辉里写下这首诗
遗憾的弹药箱
谦逊的神祇

那被称之为狼

有各种各样的狼
我知道其中最没有人性的
让我的心被魔鬼带走
并把它放在她的门口
成为她手中的玩物

狼曾经是忠实的
就像小狗们一样
正如美女爱上的士兵们
在她们的记忆中是殷勤的
像狼一样温和

但世道在变坏
狼变成了老虎
士兵和帝国
变成了吸血的恺撒
像维纳斯一样残忍

我已决定去鲁维尔
骑上我的大马

我很快就要上战场了
没有纯洁的怜悯和庄严的目送
就像厄比纳尔的那些军人

乔治金刻在木头上的
那些贩售的流行照片
那些漂亮的年轻人去哪里了呢
士兵消失了　战争在哪里
从前的战争在哪里

战争

前线作战分队
通过无线电联系
我们朝着“听到噪声”的方向射击。
1915 级的年轻人
和这些带电的铁线
所以不要为战争的恐怖而哭泣
在它之前　我们只拥有
大地和海洋的表面
在它之后　我们将拥有无穷无尽的
地下和大气空间
主宰一切
然后　然后
我们将享受所有
胜利者的快乐和消遣
女人　游戏　工厂　贸易
工业　农业　金属
火　水晶　速度
声音　目光　抚摸
一起触碰来自远方的事物
更远的地方
超出地球之外

变异

一个哭泣的女人
　　嘿！哦！哈！
一队经过的士兵们
　　嘿！哦！哈！
一个钓鱼的船闸工
　　嘿！哦！哈！
正在泛白的战壕
　　嘿！哦！哈！
爆炸的炮弹
　　嘿！哦！哈！
点不燃的火柴
　　而一切
　　　　包括我
　　　　　　已经改变了这么多
　　一切
　　　　除了我的爱
　　　　　　嘿！哦！哈！

1915年6月14日

关于正在发生的事
我们什么也说不出
但我们换了防区
啊！迷途中的旅人
没有信件
但有希望
和一张报纸
吕德[1]的《马赛曲》中的古剑
变成了一个星座
在天上为我们而战
但这更说明
我们必须坚守在这个时期
没有古剑
没有战争
但有希望

1 弗朗索瓦·吕德（Francois Rude，1784年6月4日—1855年11月3日），法国浪漫主义雕塑家，其代表作是装饰在巴黎凯旋门上的群像浮雕《马赛曲》。

炮兵射击中队

致 F.Bodard 中士

我们是你的项链　法国
来自亚特兰蒂斯或尼格里特
埃尔多拉多斯[1]或西梅里安[2]
强壮的男人和炮弹组成的河流在东方闪烁
在夜晚绽放的钻石
　　　　哦　玫瑰　哦　法国
我们为你而倾倒
在你的脖子上倾向东方
我们是大地上的彩虹
比彩虹更纯净的标志
　　我们灵魂深处的标志
　　　　火花
哦　我们是最美丽的颜色

1　埃尔多拉多斯，是一个假想中的黄金国、理想国，被设定为位于南美洲，盛产黄金和宝石。

2　西梅里安人是古代伊朗东部的游牧民族，起源于东海－里海草原，其中一部分后来迁移到西亚。西梅里安人本身没有留下任何书面记录，有关他们的大部分信息主要来自公元 8 世纪至 7 世纪的亚述记录以及公元前 5 世纪及以后的希腊罗马作家。

向南

极点

　　所有这些遗憾

　　　　这些无边的花园

蟾蜍发出温柔的天蓝色叫声

受惊的安静的鹿飞速掠过

被爱情伤害的夜莺

在你身体里的玫瑰花丛歌唱

我从中摘取了玫瑰花

我们的心一同挂在石榴树上

而我们眼中的石榴花绽放了

花瓣渐次落下　铺满小路

达喀尔仆人[1]的叹息

在用柳条遮盖的圆木屋里
　　在朝北的灰色大炮旁
　　我想到了非洲的村庄
　　那里人们跳舞　唱歌　做爱
　　发表长长的演讲
　　崇高而快乐

我看到我的父亲
和阿散蒂人[2]作战
我看到为英国人服务的
　　　　我的姐姐　她疯狂地笑着
　　　　胸部像炮弹一样坚硬
　　　　我又看到

1　达喀尔（Dakar）是塞内加尔共和国的首都，位于大西洋东岸，非洲大陆最西端的佛得角半岛。1638 年，法国人在塞内加尔河河口建立贸易站。整个 17 世纪和 18 世纪，欧洲人从塞内加尔境内抓捕、抢掠大批奴隶、象牙和黄金。1864 年，塞内加尔沦为法国殖民地，1909 年划入法属西非洲。1946 年塞内加尔的全体居民成为法国公民，塞内加尔也成为法国的一个海外领地。本诗是诗人以一个达喀尔黑人的视角写的。

2　加纳共和国的主要民族之一。

我的母亲　村子里唯一的巫女
鄙视盐
在研钵中碾碎小米
我还记得那个如此精致　令人不安的
树上的图腾
和两个生育图腾
后来　一个被砍下的头颅
在沼泽边
哦　我的敌人面目惨白
那是一个银色的头
陷在沼泽里
月亮照耀着它
所以它闪着银光
月光跳跃其上
所以它闪着银光
我躲在山洞里　无法看清
原来那是一颗黑人的头
只是看起来苍白
而我的妹妹
后来和一个步兵私奔
死于阿拉斯

如果我想知道我的年龄

就不得不去问主教
他对我母亲真是绅士啊绅士
对我妹妹真是油滑啊油滑
那是在一个小木屋里
没有副炮手的小屋荒凉
我知道沼泽边缘的瞭望台
长颈鹿张开双腿在那里喝水
我知道敌人的可怕之处
他们破坏了村庄
强奸妇女
带走了女孩们
强奸臀部紧实的男孩
我带着管理员走了几个星期
从一个村庄到另一个村庄
唱着歌
后来我在巴黎成了仆人
我不知道我的年龄
但在招募时
他们写下了 20 岁
我成了法国士兵　他们把我变成白人
第 59 区　我不能说在哪里
为什么我要做一个白人
为什么不能跳舞和演讲

吃完饭就睡觉
我们进攻德国人的补给
射击铁丝网前的炮岗
子弹像狂风暴雨
我记得一个可怕的湖
和被残酷的爱捆绑的爱人
一个疯狂的夜晚
一个巫术之夜
就像今天晚上
那么多可怕的目光
在绚丽的天空中闪烁

总是

致福尔－法维尔夫人[1]

　　　　我们总是在行走
却从未前进

从一个星球到另一个星球
从一团星云到另一团星云
一千零三颗彗星上的唐璜
即便没有离开地球表面
我们也永远在寻找新的主宰
并认真对待鬼魂的问题

如此多的宇宙被遗忘
谁是伟大的遗忘者
谁能让我们忘记世界的这个或那个部分
哪位克里斯托弗·哥伦布会让我们忘记一整个大陆

1　路易丝·福尔－法维尔（Louise Faure-Favier，1870 年 12 月 12 日—1961 年 3 月 5 日），法国作家和飞行员。她被一些人认为是第一位担任职业记者的法国女性，她还写了第一部关于民航的法国小说。

失去

真正地失去

为新发现留出空间

失去

生命用来寻找胜利

庆典

致安德烈·鲁维尔

钢铁的烟火
多么迷人的光亮
　　战争的艺术
优雅又富有勇气

两枚照明弹
粉红色的爆炸
就像两个被解开搭扣的乳房
傲慢地挺立起她们的乳头
"他知道如何去爱"
　　　　了不起的墓志铭

森林里的诗人
冷漠地看着
　　他的左轮手枪上了膛
玫瑰花因希望而死

他想到了萨迪的玫瑰花
因为玫瑰的提醒

他突然低下了头
想到温柔的臀部线条

空气中充溢着可怕的酒精味
过滤出半睁着眼的星星
炮弹轻抚着柔软的土地
你的长眠之地芬芳馥郁
　　玫瑰在此苦修

1915 年 4 月的晚上

致 L. C.C

天空被德国炮弹照亮
我所处的森林开了一场舞会
机枪手奏出三连击的曲子
但您知道那个词吗
　　　　　　　　哈！是的　那个致命的词
去堵枪眼　去堵枪眼　把镐头丢到一边

就像一颗苦恼的星星寻找它的季节
炮弹爆炸　你吹起一首情歌
你的一千个太阳已经清空了弹药箱
愿我眼睛的神灵沉默地填满它

我们爱你　哦　生命　我们总是向你挑衅

炮弹朝着正在死去的爱尖叫
垂死的爱更加甜蜜
你的呼吸游动在即将干涸的血液里
炮弹尖叫着
　　　　　　　　听　那是为我们唱的歌

紫色的爱向将要死去的人招手

春天淋湿了子弹里的夜灯

我的灵魂下雨了　下雨了　但下的是死去的眼睛

尤利西斯　回到伊萨卡需要多少天

你躺在稻草上　思考一个美丽的悔恨
像艺术一样　是种春药

但是
　　管风琴
　　　　在你睡觉的麦秆上

未来的颂歌来自天堂

重新找到的发圈

他在他的记忆中找回了
一个绑在栗色头发上的发圈
真是难以置信
我们两个奇怪的命运

从沙佩尔大道
到美丽的蒙马特高地和奥特伊
我记得她轻声说着
在我走进你家的那一天

它像秋天一样落下
我记忆中的发圈
而让你惊讶的我们的命运
在即将结束的一天连接

营火

闪烁不定的营火
照出梦的形状
在参差的枝丫里
梦缓缓地升起

遗憾的轻蔑之处
像草莓一样瘀伤
记忆和秘密
只剩下了灰烬

苍蝇的旋风

一个骑兵在平原上奔驰
年轻的女孩思念着他
而在米蒂利尼的那支舰队
铁索闪闪发光

当他们摘下热烈的玫瑰
他们的眼睛被猛地点亮
但流浪的嘴唇在寻找哪一个太阳
又向谁绽放笑容

道奈尔镇的宫殿

从白垩岩战壕上的通道看去
可以看到像牛轧糖一样的对面的墙
左右两边都是湿冷死寂的走廊
一把奄奄一息的铁锹躺在那里
它有一张可怕的面孔
两只空洞的眼睛绑在弹药箱下面
一只老鼠惊恐地逃窜　我也快步向前
这个战壕戴着白垩岩和树枝做成的头冠
像一个中空的幽灵　从缝隙里漏出白光
上面是蓝色的天花板　遮蔽住视线
通道的下面是宫殿　相当新　又似乎很古老
天花板是由铁路枕木制成的
其间填着白垩石块和松针簇
不时有老化的白垩石碎片落下
通道旁边是一块通常用于包装的布料
有一个壁炉洞　里面燃烧着灵魂似的火
火旋转着　与它吞噬的东西化为一体
铁线被拉紧　作为床板的支撑
又成了挂过无数东西的钩子
在人们的记忆中

有蓝色面具　蓝色头盔　蓝色领带　蓝色夹克
由最纯粹的记忆组成的天空
空中浮动着白垩云

木质地板上闪耀着带有搭扣的镀金宝石
黑色　白色　红色
杂技演员们轮流从铁线上通过
并为这个地下的居所增添了一种精致而优雅的装饰品
六张床摆成马蹄形
上面铺满了蓝色的大衣

宫殿上有一个高高的白垩石土丘
和波纹铁板
被冻住的冰河是理想的场地
但这里没有水　只有从麦宁炸药中喷出的火
倾斜的洞口涌现出来雷酸盐的花园
闪闪发光的弹壳像可爱的铃铛
精致小巧的杉树像日本的枯山水
这个宫殿里有时会被小如老鼠的蜡烛点亮
小小的宫殿啊　仿佛是被人用望远镜的另一端看着
失去声音的小宫殿
崭新的小宫殿
所有东西都价值非凡　每个人都穿得像个国王
一个马鞍放在箱子的深处

一份当天的报纸躺在地上
然而在这所新房子里　一切都显得古老
我们可以领会怀旧的心情
古老的味道
从洞穴时代就和我们如影随形
那里的一切都是如此珍贵和新鲜
这里的一切都是如此珍贵和新鲜

只有一样东西比那些古老陈旧的玩意儿
　　　　更为珍贵
在这个在如此洁白的白垩岩中挖出的地下宫殿里
那两个新台阶
　　　　它们建造不到两周
却在这个宫殿里看上去如此古朴
尽管并没有故意仿古
那些最简单　最新的东西往往
最接近古典之美
而那些装饰繁复的物件
总需要时间沉淀
高贵　力量　热情　灵魂　古典
属于新和实用的东西
如果它简单到极致
像道奈尔镇的小宫殿一样

摄影

你的微笑让我着迷　就像
一朵花让我着迷
摄影　你是森林里的
棕色蘑菇
这就是它的美
皎白的月光
倾泻在地上
宁静的花园里
到处是流淌的活水和疯狂的园丁
摄影　你是热情的烟雾
这就是它的美
在你里面有
慵懒的音调
我们可以听到
一首情歌
摄影你是
太阳的影子
这就是它的美

英文题词

这是如此微妙如此遥远的事物
人们总把它想得太具象化
拘束于蓝色的大海
火车的鸣笛声
桉树　含羞草
海边松树的气味

但　触感和味道

这个警觉的小小的旅人　在马赛车站的月台上突然
低下了头
然后就离开了
不知为何
她的记忆将飘荡
在香槟区的一个小树林里
一名士兵正站在篝火前
努力唤回这幻象
透过白桦树皮的烟雾

闻起来像米尼亚人[1]的焚香
蓝色的烟圈升起
在一根雪茄上写下最温柔的名字
但解开的蛇结
也写下动人的名字
每个字母都缠绕成美丽的英文

士兵却不敢完成
这个由春天的森林创作的
填字游戏

1　米尼亚人，也称为马因人，生活在公元前 1000 年的南阿拉伯（今也门）的古代民族，多从事香料贸易。

在防空洞里

我扑向你　你也扑向我
我们之间的力量像一股坚硬的火焰
将我们焊接在一起
但也阻碍了我们看到彼此的视线
我面前的白垩墙正在风化
布满了裂缝
长长的划痕光滑得像树脂
在我房间里来回走动的人把碎石撞落
今晚我有一个被掏空了的灵魂
仿佛跌落进没有底的洞穴
两手空空　无从攀附
那里生活着一些不知从何而来的丑陋生物　它们让
　　我痛苦
是的　我相信它们来自生活　一种未来的生活
一种尚未开化　毫无人性的野蛮未来
在我灵魂的巨大空洞中
缺少一个可以带来光的太阳
是今天　是今晚　而不是永远
幸好只是今晚
其他日子里　我依靠你

其他日子里　我会想象你的美丽以慰藉孤独和恐惧
飞翔到狂喜的宇宙里去
但我猜我的幻想是徒劳的
我根本无法靠近你
甚至语言也无用
我对美的热忱是否也是徒劳的
你是否存在　我的爱人
或者你只是我无意中的创造
用以填充寂寞
你是驱赶空虚的希腊女神吗
我爱你　哦　我美丽的女神　即使你只在我的想象里

欲望

我的欲望是我面前的那片土地
在德国佬的防线之后
我的欲望也在我的身后
在军区之外

我的欲望是梅尼尔[1]的小山
我的欲望是我射击的方向
今天我不谈论那些军区之外的欲望
但我还是忍不住想起

梅尼尔的小山　我徒劳地想着你
铁丝网　机枪　气焰嚣张的敌人
已经深埋于地下

“咔嗒”的枪声渐渐远去

保持警戒到深夜
咳嗽的德考威尔小火车
雨中的波纹铁皮
雨中的我的勃艮第头盔

1　梅尼尔（Ménil），位于法国北部。

听听这激烈的大地
在听到打击声之前看见闪光
还有那疯狂的炮弹尖啸声
或者是单调短促令人厌烦的“嗒嗒嗒”

欲望
把你紧握在我手中　马西热[1]之手
地图上的你如此憔悴

我向歌德的战壕开火
我甚至向尼采的战壕开火
我决定不尊重任何荣耀

紫色的　黑色的　金光灿烂的暴力之夜
男人的夜晚
9月24日
明天将发起进攻
暴力的夜晚　哦　夜晚　那可怕的深沉的呼喊
逐渐变得更加强烈
像女人分娩一样尖叫的夜晚
只属于男人的夜晚

1　马西（Massiger），法国马恩省的一个市镇。

大地的海洋

致乔治欧 · 德 · 奇里诃[1]

我在海洋中央建了一座房子
它的窗户是我眼中流淌的河流
墙壁上的章鱼到处蠕动
听它们三颗心脏的跳动　喙敲击窗户的声音
　　　　潮湿的房子
　　　　炽热的房子
　　　　飞速变换的季节
　　　　唱歌的季节
　　飞机在下蛋
　　小心　我们要抛锚了
　　小心那抛出的墨汁
如果你来自天空就好了
空中的金银花在攀升
地上的章鱼在跳动
我们是如此之多以至于成了自己的掘墓人

1　乔治欧 · 德 · 奇里诃（Giorgio de Chirico，1888 年 7 月 10 日—1978 年 11 月 20 日），一名超现实画派大师，生于希腊东部的沃洛斯，由西西里裔的父亲和热那亚裔的母亲养育成人。他是形而上派（scuola metafisica）艺术运动的创始人。

白垩质海浪中的苍白章鱼　哦喙部苍白的章鱼

在房子周围　有这样一片你所熟知的海洋

永远不会停息

战争的奇迹

多美啊　这些照亮夜空的焰火
它们攀至顶峰　俯瞰大地
就像跳舞的女士　变成了她们的眼睛　手臂和心

我认出了你的活泼的笑容

这也是我的贝勒尼基[1]的日常压轴戏
秀发变成了彗星
这些金色的舞者属于所有时代和所有种族
她们生下的孩子转瞬就死去

多美啊　这些照亮夜空的焰火
但是　如果有更多　那就更美了
如果有数以百万计　那就会像书中的字母一样具有
　　完整的意义
然而　这也像是生命在垂死之人身上迸发一样美

1　贝勒尼基（Bérénice）是一个女性名字，可能源自古马其顿，其大致含义是“带来胜利消息的人”。托勒密王朝时代有好几位埃及王后的名字叫贝勒尼基。

只是如果有更多　那就更美了
然而　我看着这瞬间绽放又消逝的美丽
我感到自己正在参加一场亮如白昼的伟大盛宴
这是地球提供的盛宴
她很饿　张开苍白的长长的嘴巴
地球很饿　这是巴尔塔萨[1]的食人盛宴

谁能想到我们会这样吃人
用这么多的火来烤熟人类的身体
这就是为什么空气中有一点焦煳味　相信我　这并不让人讨厌
但是　如果天空与大地一同进食　这个盛宴将更加美丽
它却只是吞噬灵魂
并不填饱肚子
只满足于玩弄五彩缤纷的火焰

但我和我的同伴沉溺在战争的甜蜜里
沿着第一线的战壕
火焰的叫声不断地宣告我的存在

1　巴尔塔萨（Balthasar），东方三博士之一。这里可能是指流传于一些恶魔学中的恶魔巴尔塔萨。

我给自己挖出了床　分支成无数条小河　流向四处
我在前线的战壕里　然而
我无处不在　或者说我开始无处不在
即将到来的时代会证明
这将比飞翔的伊卡洛斯花费更长的时间

我把纪尧姆－阿波利奈尔的故事留给未来
他参加过战争　他知道怎样成为永恒
在后方的幸福城市中
在宇宙的其余部分
在那些铁丝网内被践踏而死的人中
在妇女中　在大炮中　在马匹中
在天顶　在天底　在四面八方
在这个激情的战斗之夜

当然它可能会更漂亮
如果我可以假设所有这些我无处不在的事情
也能占据我
但在这个意义上　什么也不可能
因为如果我此时无处不在　那么只有我才是真正的我

训练

朝向后方的一个村庄
四名炮兵踏上了征途
从头到脚
都沾满了尘土

他们眺望着广阔的平原
谈论过去的事情
只有当炮弹炸响时
才回一回头

他们四个都是十六班的兵
谈论过去　不谈未来
如此训练着自己
去面对死亡

有

有一艘船带走了我的爱人
有六根香肠在天空中　当夜幕降临时　它们就像是会孕育星星的蛆虫
有一艘敌人的潜艇想要伤害我的爱人
有一千棵被弹片击碎的冷杉树在我周围
有一个步兵被毒气弄瞎了眼睛
有一次我们在尼采歌德和科隆的著作里翻找却一无所获
有一封迟迟未到的信让我焦灼地等待
有一个旧钱包放着我爱人的照片
有一群忧心忡忡的囚犯路过这里
有一队操作员正在炮台旁忙忙碌碌
有一个邮递员正沿长着孤单小树的路快马加鞭地赶来
有一个间谍在这里潜行　他无耻地披上了天空的外衣　隐藏进地平线里
有一朵百合花像我爱人的身体一样亭亭玉立
有一位船长正焦急地等待着关于大西洋上的无线电报通讯
有一些士兵在半夜锯木板做棺材
有一些墨西哥城的女人在流血的基督像前尖叫着祈

求玉米

有一条墨西哥湾暖流带来温暖和希望
有一个插满了十字架的公墓在五公里外
有一些阿尔及利亚的仙人掌上结着无花果
有一双纤长柔软的爱人的手
有一个我用 15 厘米火箭做成的墨水瓶没有被发射
有一个马鞍暴露在雨中
有一些河流不会逆流而上
有一份爱温柔地牵引着我
有一个德国战俘把机枪背在身上
有一些人从来没经历过战争
有一些印度人惊讶地看着西方的乡村
他们思念着那些他们不知是否能再见的人
因为在这场战争中　消失的艺术已被发展到了极致

间谍

苍白的爱情间谍
我的记忆并不忠实
一天只有一个小时
用来观察美丽的堡垒

你用你的方式
伪装自己
记忆是心灵的间谍
所有精妙的诡计都失去作用
只有心灵是胜者

但你看到我的记忆了吗
她闭上眼睛　迎接死亡
她说她坚信
我的心将轻而易举赢得胜利

爱之歌

这是爱之交响乐的组成元素
古老爱情的歌声
旷古绝今的恋人热吻
被天神强暴的女人哭喊
力能扛鼎的英雄气概
伊阿宋宝贵的号叫
天鹅的绝唱
清晨的第一缕阳光让冻僵的门农[1]唱起赞歌
被绑架的萨宾女人啼哭尖叫
还有猛兽在丛林里难耐地求偶狂嗥
热带植物的水分蒸腾时的单调声音
为了实现猛烈的民族之爱的炮兵轰鸣
生命和美丽起源的海浪之声

这是世界上所有的爱的歌声

1　门农（Mémnon）是希腊神话中埃塞俄比亚国王提托诺斯和黎明女神厄俄斯的儿子。特洛伊战争中，他领兵救援叔父普里阿摩斯统治下的特洛伊，由于在战争中杀死了安提洛科斯，阿喀琉斯为报战友之仇，将门农杀死。门农死后，宙斯被厄俄斯的眼泪打动，赐予他永生。

出发

他们脸色苍白
他们的哭泣破碎

像雪落在纯洁的花瓣上
你的手接住我的吻
秋天的树叶悄悄飘落

香槟区的葡萄农民

军队抵达的时候
村庄已经沉睡在芳香的灯光里
一个教士头上戴着头盔
香槟酒瓶就像大炮
葡萄枝蔓像缠绕在脖子上的貂皮
士兵们好
我看着他们跑来跑去
士兵们好　香槟酒瓶里的酒没有发酵
你们将在这里待上几天再归队
分成梯队　就像葡萄枝蔓
我乱扔我的瓶子　像迷人的大炮炮弹一样

夜晚是金黄色的　哦　金黄色的酒液
一个葡萄农民在他的葡萄园里弯着腰唱歌
一个没有嘴的果农在地平线交界处
一个自己就是活酒瓶的果农
一个知道什么是战争的果农
一个曾经当过炮手的果农
到了傍晚时分　人们开始玩游戏
士兵们翻过山离去

开一瓶香槟

我们走吧　再见了　先生们　试着回来吧

但没有人知道可能会发生什么

明信片

我躲在帐篷下给你写信
在这个夏日将尽的时候
一枚炮弹
划过蔚蓝的天空
绽放出绚丽的花朵
却在击中之前就凋零了

记忆

两个黑色的湖
　　在一片森林
　　　　和一件晾晒的衬衫之间

对着风琴张开嘴巴
发出一种由眼睛组成的声音
小小的人围成圈

一个尖鼻子的矮小老妇人
我喜欢她的蓝色珐琅热水壶
但里面有一只腐烂的老鼠

一位穿着短袖衬衫的先生
在窗边刮胡子
哼着他不太熟的小曲
唱成了一部歌剧

你转头对国王说
上帝会不会想再死一次

未来

让我们掀开稻草
看看雪
写信
等待命令

吸着烟斗
思考爱情
箧筐放在一边
让我们来欣赏这朵玫瑰

泉水没有干涸
稻草的金色也没有失去光泽
我们来观察蜜蜂吧
不要想象未来

看看我们的手
它们是雪
玫瑰和蜜蜂
也是未来

一只鸟在歌唱

一只鸟不知在何处歌唱
我想那是你驻守的灵魂
在熙熙攘攘的士兵中
鸟儿吸引着我的耳朵

听　它温柔地唱着
我不知道它在哪个枝头
在哪里吸引着我
白天和黑夜　周内和周末

但关于这只鸟　该说些什么呢
该怎么描述一个灵魂
变成灌木丛中的歌声
心灵变成天空　天空变成玫瑰

士兵们的鸟是爱情
我的爱是一个女孩
玫瑰还不够完美　对我而言
只有蓝色的鸟儿在歌唱

蓝色的鸟如蓝色的心
从我的爱情到圣洁的心
你的歌声如此甜美
请对着致命的机枪反复吟唱

地平线上的轰鸣
像播下星星的种子
日日夜夜走过
蓝色的爱就像心脏本身

拒马[1]

在十一月寂静的白夜
被炮火撕裂的树
在雪地里继续变老
与拒马勉强相似
周围是电线的波浪
我的心像春天的树一样重生
　　　　开满了爱情的花朵

在十一月寂静的白夜
当炮弹可怕地歌唱
　　　　大地上死去的花朵
散发致命的气味
我每天都向玛德琳诉说我的爱
雪在树上落下苍白的花
在拒马上装点白貂皮
它们随处可见
被随意遗弃　阴森可怖
　　　　沉默的马

1　拒马是机动式路障的一种，军事防御工事。

没有胡子　但长着刺
而我突然将它们变成
一群漂亮的杂色马
像白浪一样向你奔来
在地中海上
带着我给你的爱
玫瑰　豹　鸽子　蓝色的星星
　　　　　玛德莱娜啊
我快乐地爱着你
如果我想到你的眼睛　我就想到新鲜的泉水
如果我想到你的嘴唇　玫瑰花就浮现在眼前
如果我想到你的乳房　就有圣灵降临
　　哦你胸口的那对鸽子
解开我诗人的舌头
　　再次对你说
　　我爱你
你的脸庞是一束花
今天我看到的你不是一只豹子
　　　　而是一切之花
我的一切之花　我呼吸着你
所有的百合花都从你体内升起　就像爱与欢乐的圣歌
这些歌声飞向你
　　将我带到你身边

在你美丽的东方

　　那里的百合变成棕榈树

用它们美丽的手

向我招手

火炮绽放成夜之花

　　在黑暗中

它们像爱情的眼泪一样落下

因为欢乐而涌动的眼泪雨

我爱你　就像你爱我那样

　　　　　　玛德琳

荣誉之歌

诗人

今晚我回忆起这个印度剧
《儿童战车》
一个小偷在凿墙之前
思考切割什么形状
怎样在恶里创造美
即便在犯罪的瞬间
也不丧失美的权益
我们诗人　我们战士
在战争中也有同样的顾虑

但我知道　无论此处或他处
美通常不过只是简洁
　　　　我见过许多死在战壕里的人
都只是简单地靠着墙
站立着　头低垂

有一次　我看到四个人被一枚炮弹击中
他们垂死挣扎了很久

像四座比萨斜塔

十天来在一个狭窄的过道深处
在岩石滑坡　泥泞和寒冷中
在痛苦和肉体的腐烂中
我们不安地守护着通往塔胡尔[1]的道路

我有比章鱼更多的心脏来承受痛苦
你们的痛楚都在我心中　我感受每一个伤口
哦　我受苦的士兵　垂死的兄弟啊

这个夜晚是如此美丽　子弹在空中鸣叫
炮弹像河流一样从我们头顶流泻而过
有时　火炮点亮了夜空
像绽放又瞬间凋零的花朵
大地像潮水一样哀鸣
从我的白垩石战壕涌起了歌声
失眠的住所　不确定的家
在警报　死亡和瘙痒之中

1　塔胡尔（Tahar），一个法国村庄，在“一战”中被毁。

战壕

哦年轻人啊　我像新娘一样把自己献给你们
我的爱如此强烈　直至死亡
潜伏在地下的我忌妒地窥伺着你们
我的身体是一个紧咬不放的吻

子弹

让我们像蜜蜂一样从钢铁巢穴中飞出
带着血淋淋的战利品
甜美的日光无穷无尽
从这个美丽的人类花园里
满溢智慧的香气

诗人

上帝降临人间难道只是徒劳
假如鲜血之河圈起了王国
甚至爱也如此残忍
所以我们至少要思考美
那是世间唯一不会变坏的东西
在法语里有一百个名字

恩典　品德　勇气　荣誉
不过是美的不同名字

法国

诗人向她致意
关心美丽并不为了荣耀
但完美不就是胜利吗

诗人

未来的诗人啊　歌者们
我歌唱来自痛苦的美丽
我捕捉住它的轮廓　但你们会更好地
给光荣赋予崇高的意义
定格这些死亡的虔诚和伟大

一个伸直身体投掷手榴弹的人
一个疯狂射击的人
一个挥舞着手臂提着酒桶的人
军队牧师阐释神圣的秘密

我向所有人讲述这些故事的甜美

在你啜泣时发射一枚悦耳的炮弹

谁会知道我哭了多少次
我们这代人的牺牲

把我的诗拿去吧　法国人民
唱响这支圣洁之歌的前奏
唱响我们时代的美丽
我的诗将激励你　令你比我今晚的斗争
更加纯洁　更加辉煌
以光荣之名

排长

我的嘴将燃起地狱般的激情
我的嘴对你而言将是甜蜜与诱惑的炼狱
我嘴里的天使会在你心中称王
我嘴里的士兵会对你发起攻击
我嘴里的祭司会歌颂你的美丽
你的灵魂会像地震的大地一样晃动
你的双眼将满载人类从古至今累积的爱
我的嘴将成为一支向你进攻的军队
像魔术师一样千变万化
我嘴里的管弦乐队和合唱团会向你诉说我的爱
它们从远处向你低语
而我凝视着手表　等待那个千钧一发的时刻

一颗星星的忧伤

美丽的密涅瓦[1]是我头脑中的孩子
血色的星星永远为我加冕
理智深藏于心　天空高悬于顶
长久以来女神武装着她的头顶

这个几乎致命的伤口坍缩成星星
不是我最深的不幸
但这痛苦的秘密滋养着我的狂热
比任何躲藏的灵魂都来得伟大

我带着这炽热的痛苦行走
就像萤火虫拖着发热的身躯
就像士兵心中跳动的法兰西
就像百合花中央馥郁的花粉

1　密涅瓦（Minerva），智慧与战争女神雅典娜的罗马名。传说雅典娜是宙斯与聪慧女神墨提斯（Metis）所生，因有预言说墨提斯所生的儿女会推翻宙斯，宙斯遂将她整个吞入腹中，因此宙斯得了严重的头痛症。

献给璐的诗章

Poèmes à Lou (1955)

我想你

尼姆，1914 年 12 月 17 日

璐　我想你　你的心就是我的军营
我的感觉是你的战马　你的记忆是我的苜蓿

今晚的天空布满了马刺和利刃
炮兵们在深重的阴影里迅速行进

但我的眼前却不断浮现出你的模样
你的嘴唇是关于勇气的灼热伤口

我们的军号在夜里轰响　像你的声音
当我骑在马上时　你就在我身边疾行

我们的 75 毫米火炮像你的身体一样优美
而你的头发赤红　像在北边炸开的炮弹火焰

我爱你　你的手和我的记忆
每时每刻都奏响幸福的军号
无尽的太阳像嘶鸣的战马
我们是繁星踢蹬的马槽

湖边你的眼睛深邃无比

尼姆，1914 年 12 月 18 日

湖边你的眼睛深邃无比
我可怜的心
沉溺并融化在
这爱与癔症的水里
带着忧郁的回忆
餐厅的烟雾
预示着夜晚的到来
我抽着烟斗　自在又骄傲地坐在战友中间
身边是高亢或低沉的嗓音
和像血一样滴落的酒液
他们将与我一同奔赴战场
他们将在雨中或星空下过夜
他们将与我一道载着胜利策马奔腾
他们将与我一起服从相同的命令
他们将动情聆听崇高的军乐
他们将死在我身旁　或者我死在他们身边
他们将和我一起忍受寒冷与酷热
这些和我同饮的人都是好男儿
他们和我一起服从人类的法律

他们望着从陆上经过的女人
他们渴望着她们　而我有更高尚的爱情
那爱情支配着我的心　我的感官和我的头脑
那是我的祖国　我的家庭和我的希望
我是个恋爱中的士兵　温柔的法国的士兵

我爱你　我的璐

尼姆，1915 年 1 月 10 日

我爱你　我的璐　万物通过我来爱你
我看到的在四处喷着鼻息的马匹
注视我的古罗马建筑群
从军营归来的强壮炮兵
在我面前缓缓下沉的太阳
和奔赴前线的浅蓝色步兵都在想着你
都是因为　你红色的头发是我的火炬
火焰照亮整个世界　你是我的力量
天上的云
勾勒出你的轮廓
疾风刮过
带走我的话语
向你飞去
你能听懂它们的含义
我们的目光日以继夜
从阿尔卑斯山到加尔省
从加尔省到海军队
而当夜幕降临
倦意把我们

带到不同的床上
而我们的梦让我们靠近
像装在一个口袋里的东西
在同一个狂乱的梦境里相遇
我的梦是你的模样
那被风吹动的树枝是你在颤抖的双眼
我到处都看见你　那么美丽　那么温柔
我的鞋钉像你的目光一样闪耀
母马的阴户像你的那样粉嫩
上了油的武器　就像你渴望我的样子
哦　我生命的甘甜　就像当你爱我时
冬天是温柔的　天空是蓝色的
再给我一次　再给我一次吧
你是我亲爱的准假单
我的指令　我的哨位
你的爱是我的制服
你温柔的吻是它的纽扣
像金子一样闪耀
而你粉红而修长的手臂
是最优雅的徽章
一个先生在我身边吃着白色的冰激凌
而我想着你肉体的味道　我想着你的臀部
左边一个年轻的金发女子在读报

我想着你的信　里面有世界上所有的新闻
一列水手走过　大海在你脚下消亡
我看着你的照片　你是整个宇宙
我点燃一根火柴　看见你的发丝
你是我的生命　只要它还存在
你是我的未来和我的永恒
你是我唯一的爱和唯一的美

璐　我想再次对你说

尼姆，1915 年 1 月 12 日

璐　我想再次对你说
爱在我心中升起就像太阳升上白昼
像鞭子一样挥舞着光线
激荡并缠绕着我们的灵魂
我的爱只追求你的幸福
而你的幸福正是我的全部愿望
你的爱应当充满痛苦的激情
我的意愿和你的欲望与美丽融为一体
啊！啊！你又赤裸地站在我面前
你这姗姗来迟的可爱的俘虏
亲爱的　你的乳房是柿子和仙人掌果的滋味
你的臀部是蜜饯　我爱不释手
你是从海浪中诞生的女神
在我的抚摸下降临
当你行走　你的目光闪烁　美丽惊人
像一把将要染血的利剑
当你躺下　你是我狂饮的酒液　甘美无比
像礼拜时的佳肴
当你弯腰　你像风中的火焰　炽热地摇曳

火焰的诱惑让人难以拒绝
我在你的火焰中燃烧　我是你的爱
每天凤凰都在死去又重生
每天
我的爱
都在奔向你　我亲爱的
它像一辆
嘎吱作响的电车
行驶在我走过的轨道上
夜晚送来了紫罗兰
接住它们吧　因为是我把它们抛向你
太阳悄悄死去
像古老的传说那样死去
像我们过去那些虚假的爱恋
如果白昼给你加冕金冠
夜晚便会为你戴上紫罗兰的花环

璐的花冠

塔拉斯孔，1915 年 1 月 25 日

我在塔拉斯孔抽着雪茄，闻着咖啡的香气
穿着红色大衣的古米尔人从皇帝酒店附近走过
载我而去的火车用我所有的思念为你编织着花环
还有那些在你的胸前绽放的娇艳的玫瑰
那是我如晨曦般喜悦的渴望。

一个和我灵魂一样浑浊的水坑
火车飞驰，伴着 120 毫米炮弹的轰鸣声直达它的终点
闭上双眼，我闻到了你静脉中洋金花的气息
你的双腿如同一座铺满大理石的花园
洋金花啊，比利时被钉在十字架上的叹息。

然后转动你的双眼，像柔嫩的木樨草
散发出一种我眼睛都能听到的香气
那强烈而羞耻的气味，如同被蹂躏的圣女
在七个流血的省份里

举起你的手，举起你的手，我骄傲的百合
在它们的花冠里，一切不洁之物都得以净化

哦，百合花，那在北方倒塌的教堂的钟声
钟楼的钟声敲响了死亡
法国的百合花，哦，我爱的双手
你们将白昼的光辉照亮

你的双足，你的黄金之足，如一簇簇含羞草
它们是道路尽头的灯光，是士兵的疲惫
——来吧，是我，打开门吧，我终于回来了
——是你，请坐在阴影与悲伤之间
——我满身泥泞，痛苦地颤抖着
我想到了你金色的双足，如同花朵一般
——触摸它们吧，它们冰冷如临终之人。

你的头发如紫丁香宣告着春天的来临
它们是垂死者发出的哭泣与呜咽
风穿过，温柔如我们的吻
春天会回来的，紫丁香也会凋零

你的声音，你的声音如晚香玉般绽放
它使生命沉醉，哦声音，哦我挚爱的声音
命令，命令时间更快地流逝
你的身体是时间的幸福花束
希望之花编织在你的额角

痛苦经过你身边时也变得不同

——火焰的崩塌，寒冷的死亡，血色的汗水……

在一束无与伦比的玫瑰花束里

如果我死在那里

尼姆，1915 年 1 月 12 日

如果我在前线战死，
亲爱的璐，你会哭泣一天。
然后关于我的记忆
就会和在前线爆炸的炮弹一起消逝，
一颗美丽的炮弹，像盛开的含羞草。

这记忆爆炸在空间中，
我的血将覆盖整个世界：
海洋、山峰、深谷和划过天空的星星，
还有在空中成熟的奇妙太阳，
像巴拉捷周围的金色果实。

遗忘的记忆，活在一切事物中，
我将让你的粉红的乳尖染上红色，
将你的嘴唇和头发染红。
你永远不会老去，这些美丽
将因为它们的浪漫命运而永远年轻。

我血液的致命喷溅覆盖世界，

将赋予太阳更强烈的光芒，
让花儿更加艳丽，让河流更加急速，
一种前所未有的爱将降临世界，
情人在你敞开的身体中将更加强大……

璐，如果我在那儿死去，成为被遗忘的记忆，
——在狂热、青春、爱和炽热激情的时刻偶尔想起
　　我——
我的血是幸福的炽热泉源！
而你，最美丽时便是最快乐时，
哦，我唯一的爱，我的伟大狂热！
夜晚降临，
你预感到
一条漫长、漫长的血路。

你在信中提到了堕落……

尼姆，1915 年 2 月 3 日

你在昨天的信中提到了堕落。
堕落不属于崇高的爱。
它不过是大海中的一粒沙，
一颗坠入幽暗深渊的沙粒。

我们可以让想象力行动起来，
让感官在世界的废墟上起舞，
让自己焦躁不安直到彻底绝望，
或者让我们的身体沉溺于污秽的泥沼，

让我们紧紧交缠在一起，
挑战死亡与它的命运，
当我们的牙齿在恐惧中咯咯作响时；
我们可以把晚上叫作早晨，颠倒时间。

你可以蔑视我狂野的意志，
我可以像面对祭坛一样跪拜，
跪拜在你被我的愤怒染血的臀部前，
但我们的爱将依然纯净如晴空。

哪怕气喘吁吁，无言，
大张着嘴巴呼吸，
就像两门脱离炮架的火炮，
因爱得太猛烈而瘫倒，一动不动！
我们的爱也将始终保持它原有的模样……

让我们使想象高贵吧，亲爱的！
可怜的人类常常缺乏它。
而堕落在这一切中不过是幻觉，
它只会欺骗那些庸俗的灵魂。

站岗

尼姆，1915 年 3 月 25 日

我在站岗时想着你，我的璐
你的眼睛在天上，像星星一样闪烁
整个天空，就是你的身体，亲爱的
那被狂风激起的强烈欲望
萦绕着这个沉思的士兵
爱啊，你不知道什么是离别
你不知道离别让人感觉濒死
每一个小时都无限增加着痛苦
当白昼结束时，苦难才刚刚开始
夜晚降临，痛楚就像潮水
我寄希望于回忆里，哦我的爱人
它会永远年轻美丽，即使它逐渐淡去
而你，我的爱人，当你老去时
你会听到回忆里传来猎角的回响
哦漫长，漫长的夜啊，我的步枪如此沉重

有

1915 年 4 月 5 日，巴瑟洛内特和特鲁瓦之间

有一些令人惊叹的小桥
有一颗为你跳动的我的心
有一个悲伤的女人走在路上
有一个漂亮的小别墅坐落在花园里
有六个士兵在疯玩
有一双我的眼睛寻找着你的身影
有一片可爱的树林在山坡上
有一个年老的后备兵在我们经过时撒尿
有一个诗人在幻想着小露
有一个可爱的小露住在那个大巴黎里
有一门大炮藏在森林里
有一个牧羊人在放牧羊群
有我的生命，它属于你
有一支我的钢笔在飞奔，飞奔
有一排纤细的白杨树，纤细笔直
有我的整个人生这样路过，白驹过隙
有一些芒通的小巷让我们相爱
有个索斯佩勒的小女孩欺负着她的小伙伴
有一条赶车鞭待在我的燕麦袋里

有一些比利时的车厢停在轨道上

有我的爱

有整个人生

我爱你

真实

库尔梅勒，1915 年 6 月 23 日

这是我心上人的照片，是我全部的渴望
只有它是真实的，再没有其他
我的心一遍又一遍地重复着
像演说家的不停诉说的嘴巴
在每一次跳动时都重复着
世上的其他一切图像都是虚假的
它们不过是幻影
我周围的这个奇异世界
金属的，植物的，地下的
哦，那些吸收阳光的生命
这个奇异的虚假的世界
难道不是某种巫术的作品吗
正如人们曾在托莱多研究过的
那个最著名的恶魔学派
而我拥有一个更加精确明晰的宇宙
是由你的形象建筑的

地狱

一个男人滴水未进地穿越沙漠
在晚上到达海边
见到苦涩的海水，他愈发焦渴
男人是我的欲望，而大海就是你的胜利

蓝色的衣服包裹着他黑暗的灵魂
绞刑架下，一个美丽的面具迎风而立
像悬挂着黄黄绿绿的爱情
我希望可怕的荣耀之手能被烧尽

那悬挂着的美丽面具和干渴的男人
一起进入我亲手挖掘的地狱
而地狱永远是："我希望她爱我"

难道我永远得不到心中所愿？
如果没有爱情，至少让我得到一场美丽的死亡
告诉我，你知道吗？我的灵魂死到临头

译后记

曾璇

记得是在大二的某天，我在图书馆里偶然翻到一本阿波利奈尔的诗集，当时我并不认识这位诗人，那只是一本薄薄的小册子，夹在一堆法国文学书籍里面。我那时既傲气又自卑，一边读着这本诗集，一边跟朋友痛陈这版翻译质量的糟糕。朋友跟我说，你不是也会法语吗，你可以自己来翻译啊。这我可没想过，作为一个没什么自信的“文学新人”，我一直只敢在私下里说点大话，真要做点什么正经事，对我来说可不是一般地难。不过无论如何，我开始自己翻译其中的一些篇章，但也只是为了自己阅读，以及给朋友们在小范围内传阅。

直到有一天，这些译诗被沈浩波看到了，他专门来跟我说：“你翻译得很好，多翻译点儿。”他还说：“你诗写得好，翻译得自然也好。”对于一个迷茫又毛躁的年轻人来说，前辈的一句鼓励就像是一场大雨，而我就像智利阿塔卡马沙漠里的植物一样，等待这场雨已经等了多年。

我开始认认真真翻译阿波利奈尔的诗，认认真真去认识这位诗人，然而即便如此，从大二到现在，我即将二十七岁，已经过去了七年，我才算是完成了这件事，其间多少磕磕绊绊，多少迂回曲折，都无法尽说。从前的那份幼稚的傲气也渐渐消失了，取而代之的是一份懂得了生命厚重的敬畏，从对一个词一个词的推敲里，我才懂得其中的不易。我这个身处信息时代的幸运儿，随时随地能使用各种各样的翻译工具，即使如此，我还常常忍不住犯懒和耍滑，倘若有一天有人读到我的翻译然后嘲讽说：“哎呀这个人会不会翻译啊，连这个词都能翻译错！”我也丝毫不会感到意外，我会在心里祝福这些将会更加幸运的朋友，希望他们能够带着新时代的精神，去更新，去推翻，去更进一步。

总之，翻译这本阿波利奈尔的诗集对我来说意义非凡，从当年我无意间把书架上那本小册子抠下来到现在，这位跟我相隔两个世纪的法国诗人，已经陪伴了我七年了。这七年里，我从校园走向社会，从一个愤世嫉俗的学生，渐渐变成一个不能说是足够成熟但多少平和了许多的青年，我对文学、对诗歌、对生活的看法也发生了翻天覆地的变化。有时我会跟朋友开玩笑说：“现在我可能是全中国最了解阿波利奈尔的人了。”但我不想在这篇译序里大讲特讲我对阿波利奈尔的认识，无论如何，他已经是一个死去快两百年的人了，他的生命已然逝去，留下来的诗并不足以让我们真正知道他到底是怎样的人。曾经因为对诗歌的痴迷，我迷信通过诗就能抵达一个人的内心，我的热爱并没有改变，只是我开始明白语言的有限和生命的无限。就像卡夫卡说的，一切对他的解读都将是误解。不过好在，通过诗歌，我们多少能闻到多年以前的一丝鼻息，能在某些时刻感受共同的震颤，这些震颤已经无限地接近了真实。

即将阅读这本诗集的朋友，我邀请你来一起体验这些震颤。这个生活在两个世纪前的诗人，他曾在塞纳河畔来来回回地徘徊；他在树林里忐忑不安地期待遇到心上人；他在前线面对着大炮想到女人的臀部；他在漫长的战争里思念着爱人的名字，躲在战壕里写明信片，夜空中是划过的炮弹的残影；他在朋友婚礼上的致辞里，发自真心地祝福着朋友的爱情；看着路边的妓女和吉卜赛人，他的嘴唇也曾因此紧闭而沉思。他不只是百科上那个超现实主义艺术的先驱，不只是一个早逝的法国艺术家，更不仅仅是那个跟毕加索一起被怀疑偷窃了《蒙娜丽莎》的朋友。他有血有肉地活过，也爱过，他的笔下，有关于那个烈火烹油、群星闪耀的巴黎的记忆，有关于第一次世界大战的珍贵的前线记忆。他生命的气息，以诗歌为载体，从两个世纪以前传递到现在，让诗人即使在肉体已经消亡的情况下，仿佛还能有一瞬活在我们身边，这就是我深深迷恋的诗歌的魅力。作为一个翻译者，哪怕能将这样的感受成功传达给读者一分，我都觉得荣幸之至。

我最讨厌译者或者编者在一本书里说一大堆废话，所以我也不再说了。最后，感谢在我完成这本书的过程中给予我帮助的朋友们，感谢沈浩波当年的鼓励，感谢里所的包容和时时刻刻的支持，感谢胡啸岩、方妙红的用心校对，感谢有诗歌，感谢我能成为传递这份美的一员。此时此刻，我的心里只有无尽的感激与幸福。

附录

阿波利奈尔年表

纪尧姆·阿波利奈尔

Guillaume Apollinaire

1880 年

出生于意大利罗马，母亲为流亡到罗马的波兰贵族，父亲据传为意大利军官。

1889 年

随母亲移居法国南部，在尼斯、摩纳哥等地度过童年。

1899 年

前往巴黎谋生，先后做过银行职员、书店店员、记者等职业。

1901 年

赴德国担任家庭教师，其间爱上英籍女教师安妮，并开始创作早期诗作。

1902 年

返回巴黎，结识先锋派艺术家，包括毕加索、马塞尔·杜尚等，开始活跃于文艺圈。

1907 年

出版色情小说《一万一千鞭》(*Les Onze Mille Verges*),因内容有争议而被禁,直至 20 世纪 70 年代才解禁。同年与现代派画家玛丽·洛朗桑(Marie Laurencin)相恋,后因怀念这段恋情而写下名作《米拉波桥》(*Le Pont Mirabeau*)。

1911 年

发表首部诗集《动物寓言集》(*Le Bestiaire ou Cortège d'Orphée*),又名《奥菲的随从》。同年 9 月,因和毕加索一同从前秘书皮耶雷(Géry Piéret)处购买卢浮宫失窃案的赃物而被捕,并被怀疑与当时《蒙娜丽莎》的失窃有关(后被证实是两起不同的盗窃案)。案发时,二人试图将雕塑扔进塞纳河销毁证据,但因路人干扰未果。后来,阿波利奈尔企图将雕塑匿名送给报社,却被报社曝光,随后被捕。警方逮捕阿波利奈尔后,毕加索在审讯中否认认识他,导致二人友谊破裂。阿波利奈尔于一周后获释。

1913 年

出版代表作《饮酒集》(*Alcools*),这本诗集第一次取消了诗歌中的标点符号,革新了诗歌形式,成为现代诗的里程碑。同年发表《未来主义的反传统》宣言，倡导艺术革新；出版艺术评论著作《立体派画家》（*Les Peintres cubistes*），为立体主义辩护。

1914 年

12 月，"一战" 爆发后志愿参军，加入法国国籍，其间遇到了一位被他称为璐的女人（Louise de Coligny Châtillon），璐启发他写作了很多情诗，后被编为《献给璐的诗章》（*Poèmes à Lou*）。

1916 年

在战争当中被流弹击中头部负重伤，在疗养期间创作了《被刺的诗人》（*Le Poète assassiné*）。

1917 年

完成超现实主义戏剧《蒂雷西亚的乳房》（*Les Mamelles de Tirésias*），首次提出 "超现实主义" 一词。5 月 18 日该剧上演，成为超现实主义戏剧的开山之作。

1918 年

5 月，与雅克琳 · 科尔布（Jacqueline Kolb）结婚。出版《图画诗集》（*Calligrammes*），其中有很多诗歌用诗句构成图像，开创视觉诗先河。11 月 9 日，因西班牙流感在巴黎逝世，葬于拉雪兹公墓。毕加索因失窃案的背叛对他心怀愧疚，于 1929 年为其铸造了墓碑。

磨铁诗歌译丛

近期出版：

《爱情之谜》
金 · 阿多尼兹奥（美国）著 梁余晶 译

《宇宙宝丽来相机：谷川俊太郎自选诗集》
谷川俊太郎（日本）著 宝音贺希格 译

《疯子：西米克诗集》
查尔斯 · 西米克（美国）著 李晖 译

《以欢笑拯救：西米克散文精选集》
查尔斯 · 西米克（美国）著 张健 译

《反诗歌：帕拉诗集》
尼卡诺尔 · 帕拉（智利）著 莫沫 译

《河流之上：诗全集》
詹姆斯 · 赖特（美国）著 张文武 译

《醉弹钢琴如敲打击乐器直到手指开始有点流血》
查尔斯 · 布考斯基（美国）著 伊沙、老 G 译

《本该孤独》
查尔斯 · 布考斯基（美国）著 伊沙、老 G 译

《绝爱之歌：阿波利奈尔诗选》
纪尧姆 · 阿波利奈尔（法国）著 曾璇 译

磨 铁 读 诗 会